谛听花落

秦湄毳　著

北方文艺出版社

图书在版编目（CIP）数据

谛听花落 / 秦湄毳著. -- 哈尔滨：北方文艺出版社, 2019.3

ISBN 978-7-5317-4285-2

Ⅰ. ①谛… Ⅱ. ①秦… Ⅲ. ①散文集－中国－当代 Ⅳ. ①I267

中国版本图书馆CIP数据核字(2018)第114115号

谛听花落

Diting Hualuo

作　者 / 秦湄毳

责任编辑 / 王　丹

装帧设计 / 张　旺

出版发行 / 北方文艺出版社

网　址 / www.bfwy.com

邮　编 / 150080

经　销 / 新华书店

地　址 / 哈尔滨市南岗区林兴街3号

发行电话 / （0451）85951921 85951915

印　刷 / 三河市腾飞印务有限公司

开　本 / 660mm × 960mm　1 / 16

字　数 / 194千

印　张 / 16.75

版　次 / 2019年3月第1版

印　次 / 2019年3月第1次印刷

书　号 / ISBN 978-7-5317-4285-2

定　价 / 45.80元

目　录 | CONTENTS

第一辑　红英落尽青梅小

第二辑　挂满铃铛的春天

第三辑　开满鲜花的鞋子

第一辑

红英落尽青梅小

你我在——你在、我也在的地方，等候，离去，奔赴你的、我的，列车不一样的方向——“呜——轰隆隆”，鸣笛如花，雨如长风，穿越青春——

初恋似雪

外面又是白茫茫的一片。

同样的曲调容易让人联想到同一首歌。

那一年，也是这样的白雪覆盖了大地。

听完电话那端如冰一般美、也如冰一般冷的话，我大步走着，泪不觉地流下来。

如今，好想换一支曲子，无奈心头那年的雪花还在飘落着。

有脚步声自远而近，走来了，走来了，走到了我面前。

我好想看清楚，看清楚初恋的容颜，是否和传说的一样美丽逼人。

而我终陷绝望。

遥想雪花飘向大地那份执着，方悟初恋美丽的真谛。

初恋一步步走远，我就这样泪流满面地立在雪里。参透雪的容颜，其实就是我初恋的容颜：那么美丽，我却不能揣在怀里……

爱是一起成长

曾经的曾经，我和他谈恋爱，在他最好的岁月，在我最好的年纪。

所有恋爱中的女人，都会变小，他却不让我变小。

同一宿舍的蓉，有了男朋友之后，饭也不会打了，开水也不会提了，更别说敢像以前那样拿着毛毛虫吓唬人了。见到一只小蜘蛛，她就吓得哇哇大叫，呜哇哇哭了；一起去阅览室的馨，坠入爱河之后，就坠入了男朋友的怀抱，资料不查了，阅览室不去了，自己的论文、阶段作业，都要男朋友帮忙搞定，所有的文字书写，也由男朋友代劳；一同爬过山、划过船，一同洗过衣、晒过被的青，谈了恋爱之后，泥泞小路走不过去了，不高的山坡也上不去了，需人背、要人扶，衣也不会洗了，被也扛不动了，娇滴滴地要人代洗衣物、代晒被褥……

看到小姐妹，都如此这般享福，我也答应了他的“一枚邮票倒着贴”，痛下决心回复他“三枚邮票并着贴”，一个含蓄说“爱你”，一个婉转说“同意”。

一个“长途”打过去，他声音都激动得颤抖，却不答应替我捉笔写一篇小小的论文，其实用他硕士论文的边角料就足矣。他用沉沉的声音，坚定而充满爱意地拒绝：“自己的事情自己做，不能这样。”再要撒娇发嗲，他就说，“不许和别人一样变小。”两天后，我收到一堆他快递来的论文撰写资料。

我的周围有他的耳报神，他的信一封封砸过来："没去傅老师家报论文，一周都没去上晚自习，天天在寝室里玩晕了吧？"

我委屈得掉眼泪："去了我也看不进去书。"

电话那端，无言。半晌，他说："其实我也一样，可是——"他又加重语气，缓缓地说，"要克制自己，不能沉溺。"

我终于呜呜地哭起来，他也终于"乖乖宝贝"地叫我一回，挂电话的时候，却仍说："去阅览室吧，我也去。"

真是受不了他的理性，于是暑假聚在一起的时候，和他说："分手吧，你太冷血。"

他却拉起我的手，用一支水笔在我的手心里写："其实你不懂我的心。"这是当时很时髦的一首歌的名字。

我没理他，自顾自地走开，从此分手。

多年以后，他写在我手心里的字，在我的心里也没了影踪的时候，我已为人妻，为人母。

日子磨蚀了青春，岁月磨砺了我的一颗心，从女孩子到小妇人，我终于明白，真正的爱情是成长，真正的爱人是风雨同舟，真正的生活是一起面对。人生路上，谁也担当不了谁，亲情如此，爱情更如此。

多年以后，我看到，依赖成习惯的蓉，离婚后，哭都哭不出来，她说，自己已经习惯把支点放在他的身上；什么都不会的馨，无奈诉说，什么都得学，什么都得做，生活工作都得自己打理；青苦笑着说感言，恋爱的时候，他那些能耐都是"装"的，其实婚后，什么都"逼"着我去做，他连袜子都不洗……

是了，那时太年轻，我真的不懂，不懂那样一颗希望我能一起成长、共同担当的——爱心。

如今的我，担当自我，也担当家庭的一份责任。先生说："依着我，不要靠着，万一我打盹，一闪身体，会吓到你。所以，爱你，提醒你，我可以靠，但你最好不要靠。"

眯起眼睛，在阳光下感叹：爱情里，一时变小虽可爱，却经不起时间的磨砺，成功的爱情，不能以爱的名义"变小"。爱她，请提醒她，跟上你的脚步，你的感觉。

美丽的夏天

那是秦小若大学毕业后的第三个夏天，藕断丝连了三年的初恋终于一去不返。

在家人的安排下，小若在一个夏日雨后的黄昏去相亲。

美人蕉在路旁怒放，月季花的芬芳弥漫在可饮的清凉微风中，小若心不在焉地去见了林大涵。

在家人的劝诱下，小若勉强答应和林大涵继续接触。可每每相见，小若就找借口离开，大涵也无奈，说：“好吧，我送你回去。”小若又总是坚决推辞。

望着她逃也似的背影，大涵直摇头。

小若的父母很看好大涵，说：“这孩子朴实能干有才华，女儿托付给这样的人是可以放心的。”

大涵也比较中意小若，稳稳当当，文静清纯，是理想中的女孩子。只是他们都不知道，小若的心里有了一个固执的主意：要结婚的人，必须是和初恋情人截然相反的！而大涵是和初恋男友一个行当，这注定了家人和大涵都在“为”着“不可为”的一件事。

事情悄然前行，如同夏日里美丽的蜻蜓默默地飞着。真的是要下雨了，蜻蜓不再挥动翅膀，雨点也落下来：“我要回家了，以后有时间我给你打电话吧！”

大涵听明白了这句话——“请别再给我打电话了”。他的心沉了一下，忽然一阵大风刮了过来，刮回了大涵的自信，小若一趔趄，他笑着问：“一会儿下大了，你怎么办？”

“一直往前走啊。”

大涵笑得更得意了：“你就不会停下来避避雨，等雨停了再走？真是个傻丫头！”

小若也淡淡地笑了，可她还是踩着单车飞也似的走了。

第二天雨停了，姹紫嫣红的花儿显得更欢快明艳，望着满天的红蜻蜓，大涵，用不容拒绝的口吻把小若约到湛河边散步。

小若明显地感觉到电话那端一个男人的自尊心如风激荡着。她没有拂他的面子，说：“好吧。”

清凉的风沿河堤畅快地吹，两个人却有些怅然地走着。终于，大涵说：“坐下来歇一会儿。”

小若也无声地坐在一边，听大涵说话。风不知何时停了，“风啥时停的？你知道吗？”大涵问小若。

“我知道。”小若轻轻地答。

“看来你是真的不投入啊。傻丫头，我真的不知道。”

小若有点儿凄然地低了一下头，她觉得这样对大涵不公平。抬起头时，她坚定地向大涵说分手。

大涵问原因。

“你和他是一个行业的，说不定哪一天就会坐在一起，我不能接受，也不想去接受……”

大涵无力说服小若的“谬论”，只是说：“你是不是跟我一样，对方愿意，自己反而不想愿意？”

在回去的路上，大涵发现钥匙丢了：“算啦，回去把门撬了。”

“回去找找。”

“找也找不到，不找了！”

“找，能找到。”在小若的坚持下，俩人一起回去找，果然就在原地，大涵发现了自己的钥匙。

小若如释重负地离去，他们就此分手。

那年夏天，美丽的风、美丽的花、美丽的雨，都留在了记忆里。

同在小城，他们难免相遇，有时说话，有时无言。他们各自成家生子，大涵的妻子清秀温柔，小若的丈夫也果然是另一行业中的人，只是和大涵一样宽厚、朴实、能干。

多年后回首，小若总记得大涵曾告诉她：“雨大的时候，要避一避再往前走。”小若对大涵心存感激，是他驮走了自己的失恋情结，让自己又能顺风顺水地走进生活。

那一年的夏天，在小若的心里有着别样的美丽。不知道大涵是否意识到了？

祝福哥哥

我是一个没有哥哥的人，但是我很感激做过我哥哥的人，以及还在做我哥哥的人。

爸爸单位的学徒工，有一个做过我的哥哥，我叫他小肖哥，他为我辅导物理作业，我从小就是一个理科不好的人。小肖哥考了大学，读了硕士，后来还留洋读了博士。他一直坚持在假期返乡的时候，为我辅导物理，因为他学的物理专业，直到他离开中国。

我还记得，他特意到家里祝贺我考上大学，说："以后学中文了，是不是就不要我这个哥哥了？"

我说："没有的事。"

可如今，我知道他在南京，却从不敢动念头去找他。因为羞愧，我把他当年教我的物理全丢了，并且，没有学好我的中文专业。可是，我常常想念他，尤其是看到我的学生们捧着物理课本的时候。小肖哥是亲哥哥，是那种揪着小辫子叫我写作业，揪着小辫子命令妹子洗碗的哥哥，祝福哥哥！

还有呢……还有一种哥哥，就是后来我长成大姑娘，却总是把我当成小姑娘看的那种哥哥了。这些哥哥都是读大学时的同学和师兄。有一个哥哥很有特色，他说我只要知道说"开了，开了"（指的是做饭烧的水）就足够了，因为大家都知道我不会做饭。就这样，有人说："知道说水开了就够了！"这样的话说了四年，虽然说了也是白说。毕业那年，他站在女生宿舍里的小课桌前，倚着冰凉的双层床的护栏，跟我说：“我家没有妹妹，以后就当有一个妹妹了。”当时窗户外面吹着冷风，这话也顺手搁在冷风里了，我的心里存了一份感动和释然，想着他以后再不胡思乱想了，终于解放了，去做享福的人。我在自己的初恋里挣扎，也不必再分神操心他。

毕业留言册上，有人说：“继续上函授。”

有人说：“矛盾论对极了，爱我的我不爱，我爱的不爱我。”

还有人要打抱不平，擂响我宿舍的门，质问我：“为什么这样无情？知道你不愿意，可为什么连一场电影都不肯赏光？”

我说了一句话，把他感动得眼睛也湿润了。我说：“这事要给我喜欢的人留着，若那样做，就不完整了。”

他生气的脸，寒流转暖，婉转地说：“男孩子能得到这一份心意就足够了，不知道是哪个这样有福。”

呵呵，我也落泪了，在心里。

那是毕业的那年夏天，我的夏天，冰冰凉。我走的时候，有一个人去送我，他说：“四年了，不敢说，知道说了没用，告别了，也许一生难重逢，说出来，记得吧，天底下有我这一个哥哥。”

听着这话，我落泪了，却是为自己初恋的无望。难忘他，为了送我，恳求看宿舍的大爷，破例提前打开宿舍楼门，那是一个倔强得要命的看门人啊。

还有一个哥哥，也姓肖，因为这姓，与亲哥哥相同，所以当年感觉亲切，却不想把他带入泥潭。其实，他的人生也在泥潭中，他的分配结果被人调了包，吞了牙齿进肚里，提了档案，摔掉帽子，自己闯天下。他说："我和上帝战斗，它且战且退，我且战且进。"他又说了好多话，很透彻。

可是，我说，没有收到他的信。

他恼不恼，气不气，急了没有，我不知道。只回信说："哥哥全明白了。"还说，"从今以后，我就是一个不称职的哥哥，永远都是。"后来，他有了女朋友，给我详细说明，居然还让我批准。

我的初恋已走到尽头，那一年，我爸爸因心脏病突然去世，我的心凝固在小城，不再远行。

他说："跟导师说一下，你也报考他的研究生。"

我说："不考。"就这样道别。在冰冷的电话听筒上，我居然一副云淡淡、风轻轻的做派，娇柔地说，"以后就把你当哥哥了。"

他还是沉重和郑重地答应："好，好！"

其实，连牙齿都在默想，再也不要见到他。

后来，有一个哥哥，和我同在一个小城。我先生在外地工作，在我为搬家愁得六神无主时，他叫了一辆大货车来。后来呢？有一个哥哥走在天涯过着幸福的日子，在我能看到的网页上秀他娇妻美子的照片；后来呢？有一个真上了函授，不是我授他，是他总用信息来授我，教育我别小心眼儿，把婆婆当亲妈；还有一个哥哥，出了书就寄给我，里面什么也不写，我有困难的时候，他却知道，打电话帮我分忧解难；也有一个哥哥，会帮我改稿子，改得我生气，就在电话里吵架，哥哥的媳妇，我贤惠的嫂子，就夺了电话劝架；也有一个哥哥，居然假装不死心，于是我当着我家先生的面对他说："别做梦了，年轻时都不给，现在更是敝帚自珍。再胡说，录下来交给嫂子法办！”

我家先生就是比我早出生两年的那个人，他不做我哥哥，他说，他是和我共患难，同甘苦的人，还“而已”。说这话的时候，他不笑，我嘻嘻地笑。这话说完了，他温和地笑了，我不笑了。先生不是骑着白马来的，他是骑驴来的。我喜欢不一样的东西，试骑一下。于是，不再下来，今生被他牵着走。

被先生牵着的日子里，偶尔会想，自己要是有个同姓的亲哥哥，就不会像小肖哥那样不来往，也不是这些哥哥这样来往了。亲哥哥的样子，来世再约。今生志在骑驴，就只祝福这些好哥哥啦！

谛听花落

花落是一种凄凉的美丽。懂得了这份心惊与无奈，心灵才会有青果缔结的空间。

花落是一种无奈，也是一种洒脱。芬芳，在花落时荡然无存，香魂，在一瞬间凝泪为玉，结成果实是生命追求的升华。人们更会想到现实生活中“退一步海阔天空”的谚语，是智者躲避凶险的策略之一，也称作化干戈为玉帛，想必是花落的极致吧。

少年时，曾经多次设想：娇艳的花蕊垂落脸前，双眸噙着泪滴，该是何样令人心悸的一幅画。当生命的风雨真正到来时，真的目含愁、眼凝泪，心里的滋味却丝毫也不美丽，更早忘了这是不是一幅画 ，只知道心麻木了，筋骨断了，再强的阳光也穿透不了我的视网膜，锋利的刀刃再奈何不了千疮百孔的心灵。无处疗伤，清澈馥郁，千攒万攒的真诚，如娇嫩花蕾欲绽放却生生被拈下。花落无痕，心深处有玉帛般阵阵撕裂，灵魂无语咆哮。这样的花，生命里能开几回？

从此，野渡无人舟自横。

当伤不再是伤的时候，时空已过千层浪，心事无处寻访，津口过了几回回。生命不可再顺水去漂，醒来的泪，清清的疼。

从头再越的时候，我似乎懂了何时该让花开，何时该随花落。我的花可以没有果实，但花落的痛，再也不能阻止我绽放的渴求。

大象无形，大音希声，这是至为洒脱的境界，也是平凡人智慧的语言。花该落的时候且随它落下去。生活里，性命拿去都不再新鲜，花开花落岂非太过寻常。太阳每天都是新的，有谁看见垂落的太阳堆积成垛的吗？

凡事皆有规律，无序也是一种秩序。觉昨是而今非的时候你还在成长，这也是花落后的一分喜悦。花落不觉惊，花开不见喜，人生清澈沉稳至极，这时候你是不是又该想念“那时候”了呢？ 无序而有序的生存历程里，花开花落的忧欢皆是生命的赐予，生活的美好啊。

谛听花开的声音，使你心容美丽；谛听花落的声音，使你心容纯粹，忧欢同样也令你生命深邃博大，灵魂柔韧明媚。

皇帝的“咖啡”

说请谁喝咖啡，一直没有请。

多少年前就购买过一本关于咖啡的故事书，一直没有看。

有人送了咖啡壶，一直没有用。

存放的咖啡，换了又换，还是一直没拆过封。

嗅了它的味、她的味、他的味……众味杂陈，百味千味，我的鼻子失了嗅觉，没了灵性。

所以嘛，所有的咖啡都不必饮。趣味已无争辩，也本无须争辩。

一个人的咖啡，一个人的厅。

曾经有一回，大雨之后，为碧空所动，情不自禁地跑起来，去高高的楼上看彩虹。一路奔跑，一路清风，终于爬上高高的楼层，却突然转身回宿舍楼。

有人问：“Why?（为什么？）”

答：“乘兴而来，尽兴而去。”

那日看《皇帝的新装》，心头突然有了全新的理解——

我那无形的咖啡，岂不也是皇帝的新衣裳——

谁也没看到，他已穿在身上。

我的咖啡，我的兴致——

勃勃的，可有谁瞧得见，而我——早已一饮而尽——那清澈，那芬芳，那霓彩，那绚丽。

——许多东西，不也是这样吗？

你在我心上。

——你从没有来过。

我说："你在我心上。"

当然，我心上的你与你无关。

我一个人的咖啡，一个人的爱情，一个人的城，任凭一片潇潇烟雨洒，心上也无风雨也无晴。

你不在我心上。

——一个人的烟雨也是烟雨，多么滂沱，多么纤柔。此时，我饮与不饮，咖啡在心，香在眉眼，花缭乱。

缭绕着的，是一个人的情怀。因你而起——

我说："我是你的粉丝，来世还要暗恋你。"

你说："昨天的谜语猜对了。"

其实，哪有对错："不现实"全是错，只在我心上，全对。

——是的："暗恋"。感谢姐姐一次过激的数落，口出责言之时，为我选择这个词，批判我的沉湎和耽于沦陷。

你喜欢这个词吗，你愿意我这么说吗？

多年之后，还是遇到了"你"。

与你同桌而坐，在一次培训之中。

——在你的青春里，我看清楚自己的青春。美好、心痛、尴尬、忧伤。

我没有说出来，但层层叠叠的感觉在心上，一浪翻着，一浪卷着。

犹如当年，那种幻觉，令我望而生畏，却步在千里之外的，是心，更是往日情。

“你”温婉如昨，伸手指点：“你坐这里吧。”

我坐下，却有些不安。

静静地望着“你”笑，“你”不好意思地躲闪：“笑什么呢？”

我回了目光，却找不到笔记应该记的地方。

“在这里，看，忘记了吧？”我记笔记，不再望“你”年轻的脸。

他是你的同乡，干净的脸，清澈如小马的眼。

同样的年岁，一如你的当年。

坐在他身旁的我，却是许多年之后的我——

我好想时光倒流，让他变成你。

这一次时间不短的培训，让我感觉异样。

怪怪的是我的感觉——因为心里的“鬼”。

乖巧的小男生，清清地对人笑，一如当年的你。

楼道里碰到：“过来喝咖啡吧，我这里有。”他说。

我轻轻摇头，心上落了一层忧伤。

他说：“你怎么了？”

我笑了：“小孩子，我能怎么呢！”冲着他，没再搭理。

为自己自卑吧——我怎么这么丑陋。

文学院长在讲穿越剧，我的心上昔日剧也穿越不停。

电话“蹦”过去：“在开会。”你轻轻闷闷的声音，不是青春时的清澈明净，音线里已有了沧桑的意和味。

挂了电话，青春的电话铃——铛——响在心空——

“喂——喂——”轻又轻，柔又柔，软又软，那么暖，那么暖……

记得那时，我不再倾听，我满意地收线，心满意足地走进阳光里，一身明媚如晨曦……

穿越剧回到现实，我看到——小男孩如你的脸，如你的眼——巴巴地看着我——

谢谢你的咖啡，我只闻香。

天下赏花惜花人，添取梅花一缕香。小男孩一如当年的你，是文学院的研三学生。

他手上的一句诗，赏花，惜花，添取一缕香给梅花，是你我过往的青春穿越剧。

他与我合影，他送我离开，我终于忍不住，在拥抱送行的人群时，轻轻拥抱了一下他：“谢谢你。”

他不懂，我懂——谢谢他，让我又看到了你。

我看望我的青春，我的你，在这大学校园的青春里。

一个人的咖啡，喝一辈子是短的，下辈子，还——“暗恋”你。

这无可救药的罗曼蒂克——是真正的、纯粹的。

如果青春重新来过，我依然如故：“水来，我在水中等你；火来，我在灰烬中等你。”洛夫的情怀让我迷恋，不妨依然傻傻地说：“我崇拜纯粹，依然崇拜。”这辈子不变，下辈子还这样。

我在《皇帝的新装》里，重新读出一份崇拜，一份纯粹。

一起喝咖啡，你来了没有——有什么重要？我的空气澄明里，心与情都熏香熏甜，微微熏落的，还有一层粉红，叠叠花浓，爱与青春摇曳着——自己一个人的咖啡厅，自己一个人的咖啡壶，自己一个人的回味，回味那留不住的青春滋味。

桂香砸了秋的飒爽，温了青春，煮沸一壶——皇帝的“咖啡”。

谁是谁的谁

我把我和你的爱情故事，写在网络里。

一次次，希望你看到，你看到了，却不以为然。

恍然发现，这世界天天上演雷同的爱情故事，你是谁？我是谁？谁是谁的谁？

连初恋，也雷同得没有新意，没有独属于你我的细节。

《山楂树之恋》那么热，就因为，里面有每个人曾经的细节。爱的情节如此相同。

如同白萝卜、卷心菜，那么一样，入口、消化、吸收。

日子一样，情恋也一样。

想一想，曾以为你是我的谁，我是你的谁。其实，谁又是谁的谁呢？

有一次打电话给你，新的号码，你没听出我的声音："喂，哪位？"

我居然鬼使神差："我呀，还能是谁？"

那是自以为是，太想当然。如今想来，哑然失笑，谁是谁的谁，怪不得你问我："哪位？"

我其实真的是你的"哪位"，如同你又是我的哪位。

坠入失恋的泥潭，想出来，却不能出来。一次洗浴，我晕塘子，对着闺密同伴："你快点，我有点晕。"

同伴还在与人说话，几秒之内，我居然真晕倒了，软绵绵的，装的一样，控制不住自己。

同伴见状，惊呼，把我弄在窗口，吸氧，透气，找工作人员要来一杯水。

我终于缓过气来。

回到家里，关起门来，自己想自己。我若是那会儿没了，还能再想谁呀。我是谁的谁，谁又与我何干："万钟于我何加焉。"何况你我。

泰然了一阵子。

开始恋爱结婚。

又何必……

没想到疫情来临的时候，你居然发了信息来："不要掉以轻心，真的很严重。"

我再次心灵失重，我想哪辈子肯定欠过你的，总被你牵着的感觉。

生孩子的那一阵子，老是做你的梦，乱七八糟，有时醒来记得，有时根本就不记得，只知和你有关。

那一段时间我决定不再和你联络，没劲啊，我怕孩子长大知道，说我老不正经呵。

乱梦乱蓬蓬，终于放心不了。电话过去，你没接，更不放心。电话回复过来，说，挺好吧？挺好的。那就好。你呢？也挺好的。

……

谁是谁的谁，有痕迹，没有痕迹，是谁？是过谁，不是谁。是谁？爱谁谁！

谁是谁的谁，莫论，只当陌生人群里，我不认识你，你不认识我，只信那份际遇，辽远、苍茫，只天地之间，一线暖，如春天。

愿这份雷同，在人间，人心间，不远不近。暖了，天色渐明朗，渐晦暗，渐晦暗，渐明朗……

心上的谁，任谁谁，不辨不语。谁是谁的谁，乱红飞过秋千去——

谁都不在。

小女子清纯的声音，在小树林依然轻轻："It's me！（这是我！）"

没有谁，还是我。没有谁，就是你。

办公室的老太太嘟了嘴巴发表宣言："别不信，你的心还在他那里；也别不信，他的心还在你这里。"她说世上所有的初恋，她说岁月红尘里所有的男女。

你说呢，到底——谁是谁的谁？

其实，真的，谁也不是谁的谁。

在你的青春里，看望我的青春

拖着行李，雨中走进河南大学培训中心，步上楼阶的那一刻，一缕清爽的芳香扑入我的鼻孔。

花香扑面而来的那一瞬间，我在雨水里行走的落寞与辗转赶路的尘埃，顿时一扫而光，心儿一下明亮起来，晶晶闪烁的，是一树一树金灿灿的桂花，还有我重回大学校园的兴奋。

喜欢秋高气爽，更喜欢秋日校园里那份更为独有的宁静和疏朗。

于是，在桂花飘香的清晨，我早早地起床，奔跑着赴进芬芳弥漫的校园——

处心积虑——我要去看那些干净的脸，清澈的眼——看它们是不是在花香里流淌，成河，成青春的歌，那是岁月的天籁——这样的天籁，我迷恋。

这一次培训，使得远离校园许多年的我、我们又重新回到青青校园。当然，此时，我已是孩子妈，同室的，同来学的，哪个又不是当爹当娘的呢。

看望青春的眼神，充满沉浸和欣欣然的羡慕——我是这样的，同行的"同学"们，亦然。

充满了羡慕，嫉妒，爱——爱校园里沸腾着的青春，爱青春弥漫的校园。这氛围，这情调，更有一个一个情景，一个一个细节——排队打水的水壶，铺天盖地晾晒的被子，怀抱书本的行走，拎着早餐赶课堂的匆匆忙忙，还有那一逗一乐一趣笑，一闪而过飞扬的长发，偶然回首而望的神情，校园的各样社团，大小的广告纸片……

——如果青春重来，我依然如故——“水来，我在水里等你；火来，我在灰烬里等你”，不会改变。

“多情”如我，在同室“妈妈版同学”还在呼呼大睡的时候，我轻手轻脚拈了房卡，跑出房间，扑入桂花翻腾着的芬芳校园——一次，又一次；一回，又一回——

我看不够，看不够的不知是我的青春，还是校园里学子们的青春和美好。

我只能说，我爱，我陶醉，在这桂花飘香的金秋校园——

往事，纯粹，美好，花团锦簇，一幕幕汹涌而来，我的心灵如在“饕餮”，青春似美味，回忆是佳酿。

沿着大路、小路、幽径、荷塘花径，亭台回廊，楼阁青青阶……我向上，向前，向青草更青葱处漫溯，向花香至浓处寻访——

我看到一张张干净得如晨曦的脸，一双双明澈如星辰的眼眸——在读，在背，在朗诵……琢磨、揣想、思考、求索，那么专注、凝神——让我驻足，惹我凝视，凝视，再凝视——

我看到他们，也看到我自己——曾经站在池塘边晨读文论，曾经伫立在小树旁默背单词，也曾经啊，对着天上的流云，吟诵唐诗宋词、先秦散文——

我也看到，有极少的两两，同吃早餐，共一张长椅晨读晨“练”，朝阳如水的站台，亦有两个小儿女拥抱在一起，送站的，久久的，不松开——

回望，回首，看着他们，那么年轻——分明就是年幼的爱情，我心上笑一笑——你们只管糊涂地爱一回吧，它也是青春画卷的一部分啊，我只管祝福了！

我也看到水岸边的金柳——金柳何须在“剑桥”，金柳边奋发的朗读声，金柳下闪烁求学、求索、求问、求是的眼眸，哪个黯淡失色于志摩与剑桥的国王学院呢？哪一处潋滟也不逊于那时代那朵云彩……

哦，我爱的青春，近在眼神，青春的行云流水停驻在头顶的云端——

我诧异，回忆和现实如此之遥，又如此切近——

谁说，我不是他们；谁说，他们不是我？

青春都是一样的，美好、美妙，不可言、不必说——

我快步前行，还是在庞大的校园里“迷了路”。

我找不回那条回宿舍，回到现实里的——路。

路，那么多，我更找不到，回到青春，回到现实的路——

穿行在学子们中间，我已不合时宜，他们群蝶展翅一般向教室拥，我正逆行，往……往现实的方向——

他们看我，怪异的，不解的。不以为然，视若无睹——从我身旁走过。有慌张的，有淡定的；有幽静的，有动荡的；如楷书，如狂草。他们的步态——把我掠过。掠过我的，有我的羡慕、嫉妒、爱——爱啊——爱这走向教室的感觉——

他们并不自觉，也不知道——从他们身旁急切赶往现实住处的——我，是多么赞叹，由衷礼赞——这清晨的校园，和这里的晨歌！青春之歌，岁月之歌！

要强的我，终于不再倔强——我开口问路。

“呀，好远呢，你就在这里用餐好了——”年轻的男生、女生，惊叹。

站在“北苑餐厅”门前的我，却要询问回到“南苑餐厅”的路——“我要去那里找人。”我只好这么答。

——是呵，找人，找的那个人，其实，就是我自己，现实里的我要在那里用餐，那里有安排好我的餐位，而这里，没有我的位置呢。

我奔跑着，找到我的位置——

同室的，同学们——我们一同培训的“妈妈爸爸”版本的同学们，已用完餐，在慢慢下楼——你怎么才来，你去了哪里？

我去了哪里？

我去了桂花飘香的校园，我去了青春盛开的地方——我的地方，他们的地方，你也有份的地方——永葆青春的地方。

爱啊，爱这清晨的校园，因了他的、我的、我们的青春——飘香着——在这校园里，梦里梦外的校园啊……

手机里，音乐轻轻地唱，我用我的早餐，就着青春的味道，就着那歌里的《年华似水》——

谁让瞬间像永远

谁让未来像从前

视而不见别的美

生命的画面停在你的脸

不曾迷得那么醉

不曾寻得那么累

如果这爱是误会

今生别的事我不想再了解

年华似水匆匆一瞥

多少岁月轻描淡写

想你的心百转千回

莫忘那天你我之间

“似水流年”的歌里，谢谢青春，谢谢你——此时，我正在的河南大学，我看望我的青春啊，在你的青春里……

青春不来电的那一回

在家隐身着，听得“嘭”的一声，知道单位门口马路边的变压器爆了，紧接着是整个教学楼一阵“乌拉——”，是全体学生不约而同的喧闹，或许讲课的老师正用着多媒体设备，或者他们以为停电了可以不上课，更多的是一种惊奇吧。

我待在家里，电脑一下子就什么也没了。阴天，秋雨刚住，黑乎乎的屋子里，我起身去为自己倒杯水。

端起水在屋里踱，想起某伟人也是这么“踱来踱去”的，想起他的“三步斋”，记不清了，也隐约有印象。想着，就想起读这段文学史的时光和年纪。

突然灵光一现，他怎么知道的?

对，他怎么知道的——记起来，也是停电，全校停电，寝室里同学们都不在，却只有我一个人，那天是不是周末，也忘记了。

我一个人，待在寝室里，倚着铁床，靠着窗，没声没息地望月亮：“笃笃”，有人轻轻敲门，8个人的女生宿舍，晚饭之后的停电，没有谁有权力独自拴上门，我不应声。“有人吗，可以进吗？”传来问话声。

“请进吧。”我答。

进来的是班里的一位男同学：“就知道你会在。”他说着话，进来了。

“哦，是你呀。”我请他坐下，自己坐在他对面的下铺。

他说了什么，我也不记得了——只记得，那一晚窗外的月亮很大很圆，有人陪我看月光，陪我说话。

那一晚直到熄灯时间也没有来电："你们寝室的人要回来了，我走啦……"他起身走。

我送到门口，"再见！"我说。

当时的我，心里正想着什么人什么事呢，也不知道了，反正——直到今天的停电，我才意识到——他怎么会在黑暗里找到我，他怎么知道——"就知道你会在"？

——因为停电了，我没有阅览室可去，没有教室可去，也没有男朋友可以一同在外面逛吗？我想可能是的。

多少年的今天"停电"，让我想起了这些，似乎明白了什么。

明白了什么呢？重新来过，我依然不明白，依然认为不必要明白更多的什么。

如今记来，恍悟一份——不在意的美好。想起一句话："有些人，在你眼里一辈子，你都没有让他走进你的眼里；有的人，只在你眼前晃一下，你却让他影响了你的一生……"这话也是最近在一次培训学习期间留意到的，记下了，琢磨着，人到中年，惦记点什么事，还真不容易，只是，这一句，竟记在心了。

品味着什么，能品味什么，又能够品味出来什么呢？

人到中年的一次停电——让我的哪根神经来了电——电醒了什么记忆——为什么是这一句："停电了，知道你在这里。"

然后，就记得，也是停电的时候——我曾经平静安然的青春记忆里，在多年以后，一层波光，一层不解，在心上掠过——

又想起，曾经有人把吉他扛到高高的我们寝室里，说是存放一下："她在吗，晚上来取。"正巧"她"不在，同室女友笑说之后，"她"又故意在他来取的时候，又不在。

如此类比了想，该是一样的"伎俩"，一样的美好用心。

只是把美好的心思藏在停电里，怎么会明亮呢？

要来电什么时候都会给电，关键还是——不是电在停，而是心没电。

青春里，多少个你我，多少个美好的错过和徒然忧伤，不皆是因了这——多情总被无情"扰"嘛。要说"恼"也是会有的哦，总归是一份骚扰不是吗，被扰的那人，自己也被心上电光扰过之后，才知，那份灿烂和勇气——

有些停电，注定是在岁月和时光越过千重山万重水的时候，才被注视，才被明了。此时，也知道了，你为什么会在冰雪冬夜，熄灯之前，能赶到女生楼送回，我不小心多发放给你们寝室的一本考试资料——你说"怕你着急"，当时没懂，这时也听懂了。此时，也似乎想起，你曾多次说"请你吃饭吧""请你们寝室人看电影吧"之类；似乎，明白你交给我的那一篇稿子，我没心没肺地念完，只以为你要展示才华，今天才在停电中记起，你的题目是《我的空中楼阁》；也似乎才记起你说过——"以后继续上函授"——

今天停电，猛地开悟，以不枉你在黑暗里找到我——虽然你曾经站成了一个雪人，我路过，只有欢乐的声音说："好一个雪人儿！"——还是要说谢谢——谢谢，你在黑暗里找过我。

我在这时候，问候那时候——月光下你我的青春，多年过了，你我依然不搭、不串、不“惦记”。谢谢“停电”，谢谢青春，谢谢——你找过我，在我的黑暗里——这是你所不知道的。

席慕蓉说：“青春里，小心呵，不要伤了，对你的那一份真诚。”

可是，由于没有“电”，我压根没有看到——

今天似乎看到了，不真切，但也算看到一些，权当隔山隔水的祝福，献上，呈示一份弱智的情意——你也停电吧，我就扯平了——恍然明白，之后的歉疚，无用，没用就没用吧，也是存在的一部分。

生活的山水相连，偶然停电，偶然“电”，惦记起——没有青春停电的那一回，那是谁?

指尖上的芭蕾

一

她认识他，是偶然，也是必然。

她去做头发，他在她的大学附近开发屋，当发型师。

出门左拐，有棵桂花树，还有一棵枇杷树。她喜欢秋日的芬芳，春天的黄果，对面就是那家指尖芭蕾的理发店。

他的手飞上飞下，像在云端，像在花丛，如蝶，如风，那么灵巧，那么轻柔。她让他做了一次发型，就喜欢上了人称“指尖芭蕾”的他的手艺，他的技法。于是，往后的日子里，她来，总点“指尖芭蕾”。

他若忙着，她便等待，看着他，看着对面的街树。她的鼻翼和眼眸里，一阵芬芳，一片金灿灿。

他偶一抬头，四目相对，她总转了脸看对面的树，或两眼苍碧，或双眸含香。他接着忙他的，直到，他说：“好了，您这边请。”

一回、一回，一季、一季，寝室里的同学说，你得“理发控”了，才几天哪，就又去理？

她一愣怔，是这样吗？

有一天，连他都说了："还好呢，又打理？"

她点头，使劲嘟着嘴，抿起了嘴唇。

二

一连半学期，她居然再没出现过。这期间指尖芭蕾的他，居然有两次让回头客"求疵"——不是"吹毛"，是真的失误了，一恍惚，把人家的发舞得塌下去一块，一不当心，又一块……他心里明白的，直直对人道歉。

见到校园里的女生，他终于憋不住，问："那个眼眉弯弯的女生怎么不来了呢？"他只管问，终于有一个人知道他说的那"眼眉弯弯"是哪个。

"哦，她最近不常理发呢，我们寝室还一起表扬她的'理发控'痊愈了。"

这同寝室的女生回去就叨叨："嘿，你的理发控痊愈了，那理发的小老板还失落呢，赚钱少了，很没魂的样子，呵呵！"

同时笑，她却心痛一下，痛一下，若有若无。

三

枇杷果熟的时候，她要放暑假了。考试结束，她终于忍不住，要去看那棵枇杷树结了几颗果子。她仰起脸，数啊数，怎么也数不过来，心里有一双眼睛早从绿绿的树叶间腾云驾雾地挪开去，对面的理发店里居然跑出来"指尖芭蕾”：“理发来了？快请进来！”他双手交叉干搓着，真个是手足无措的样子，两手不安地搓着，全没有发梢上舞芭蕾的潇洒飞逸——终于，他几乎是拉了她的手臂，过了马路。

她坐在座椅上，他竟然忘记他手上还有客人——她脸红了：“我不急，先给人家打理啊。”

他冲人解释：“老客户，好久不来了……所以……请您原谅……”他颠三倒四的话，让整个发屋的人都笑起来。

有人打诨：“敢情是位美女呢？咱们‘指尖芭蕾’是个重色的啊。”大家笑，他也笑。

她没有笑。她已明白了什么。

他仔细地给她理发，一根一根头发地修，好久，好久，他还没修好她的发——其他理发师都去吃午饭了。

碎碎的发，黑压压满地，他说：“对不起。”

她没说话，她的泪落下来。

四

他给她讲自己的故事。

他本是她的校友，读大二的时候，父亲病逝，妹妹考上了大学。无奈，他办理休学，担当起家庭责任。

“那你什么时候再回学校呢？”她很期待地问他，心上却想，怪不得他与其他的理发师有点不一样，怪不得有那么一些校园里的同学跟他那么熟稔。

“师兄弟们也都在照顾我的收入，点我，点得多了，把我点成了这里的领班。再做一年，就回去读书，妹妹的学费赚够了，妹妹自己也找到了家教的活儿在挣自己的生活费。”他说，“马上我就会回校园去了。”

这样的故事感动了她，打动了她：“你下学期就回学校吧，我的生活费给你一半。”

她急切的样子同样感动他：“傻丫头，我怎么能让小姑娘供养我？这么大个老爷们儿！”他刮一下她翘翘的小鼻头，温和地笑，“不用担心，我会担起所有的心——爱我的心，我爱的心。”

“那我毕业先不出国读书，留下来陪着你。”她坚决地说，“我要坐在你的自行车后座上等着你毕业，给我买宝马。”

他认真地问：“你会吗？”

“当然会。”她坚定不移。

“只有你给我盘发，我才出嫁。你要亲自为我盘起长发！”他点头又点头。

五

“眼眉弯弯”和“指尖芭蕾”恋爱的消息，被寝室的同学知道了，传播出去。

一个追求她的同乡把信儿捎给家乡的父母，母亲和父亲居然千里迢迢地赶过来，不允许她跟一个“剃头的”相好，不允许她暑假继续留在这个城市做什么“社会实践”。

她被爹妈押解回乡。面对多病的母亲，含辛茹苦的父亲，她答应出国留学——姑姑已经为她办好留学手续。

她终于还是有机会把信息发给他：“等我回来。”

她去了英国，那个格子裙和帽子的故乡，一年四季各式各样的帽子，遮挡了她的发，她知道她的每根头发都需要护理。可是，她发给他的信息再也不能“发送成功”，所有的电话全是停机，所有同学校友也打听不到他的讯息，学生管理处的记录，他的休学期限已过，他已没有资格再回校园。

唯一的方法，就是集中精力结束课程，赶紧毕业，毕业才能回去。她渴盼着，格外用心地学习，她的发一分一秒地委屈着，期待那“指尖芭蕾”的盛宴。

六

她回来了，联系了单位，安排了工作。

她来到桂花树旁，她站在枇杷果下。

“指尖芭蕾”成了一间水果铺子，她紧张到结巴，到失语，再没有她的“指尖芭蕾”。头重脚轻的她大病一场，母亲细心地服侍她，父亲端汤又送药。

她好了，母亲说：“别那么幼稚，这世道男子不能轻易相信，况且你们什么盟约也没有。”

父亲很理性：“不要再想了，没可能了。”

生活是现实的，理想也要面对现实，她前思后想——自己和他，难道不是爱情，难道承诺也无痕，那什么样的感情才会是真的呢？

她把她自己的爱情揣进衣兜，埋头工作。像是一截肠子断掉了，像是一块脑细胞被切割下，她感觉自己哪里不太对，难道爱情真的就是一种“主观臆想”？她的快乐不像以前一样了，一身黑一身灰的装束才是自己的样子，否则她就觉得不是一回事，黑黑的衣，灰蒙蒙的眼眸，成了“优质剩女”的她，自己嘲弄自己，就这样被爱情伤得七零八落了？

七

在母亲父亲频繁相亲大战的轰炸下，她把自己交给父母做主的一桩婚姻。他们领了证，典礼的时候，先生重金请了当地最好的婚庆服务公司，抬起菱花镜里的双眸，她呆了又呆——她的发型师——指尖芭蕾，她失声唤他，他只是摇头。

世上有这么相像的人吗？他摇头，还是摇头，说：“新娘子认错人了。”

他的理发包上有米黄色的小花，有金灿灿的圆果：“又香又甜。”她很想说，没有说。心上的死结，又冷又硬。

新婚之夜，桂花飞，枇杷落，发型师入梦：“我是你的指尖芭蕾，你走之后，你父母跪地求我放过你，他们要给我钱——换新的手机号码，换新的地盘——”

醒来天已大亮，先生放在客厅的音响里飘出一首歌。

风吹过一抹芬芳染上你弯弯眼眉，

这指尖芭蕾，是情人无悔，

不管是非，也不问命运错对，

这指尖芭蕾，是情人的美，

我旋舞在你心扉……

楼下有人按门铃，是婚庆公司的服务生：“我们总公司董事长特送的花篮。”

先生开了门，看花笺，她瞄一眼，熟悉的笔迹晕厥了新房里的晨光——

从来没有离开，他在原地读书毕业，开发屋，注册婚庆公司，连锁经营，分部开到她的家乡……

——原来他只是遵照她父母的意愿改了名字，她托人查的学生处记录，是她父母做的伪据。

“你要亲自为我盘起长发”，花笺上印着这样一句话，这是当年她要的承诺；花笺上还印着另一句话：“我要亲自为你盘起长发。”这是当年他的承诺。他今生做到了——

他的签名笔迹那么熟悉，一如那青春的指尖旋舞过的芭蕾，她看着，似烟花，烫了，眼神。

瞬时，她明了，为她服务的婚庆公司就叫“眼眉弯弯”，他当年叫她——“眼眉弯弯的女孩”。

她的一笑是他心上最美的芭蕾。

无言的鸽子

无言的鸽子，无言地飞走了，我无言的心情更难于表达，在每一个欢乐明媚的春秋冬夏。

我无法忘记，更难以释怀，因为飞走的哪里仅仅是鸽子，它分明是我青春岁月里的一种感动，是我成长历程中的一份美丽。

鸽子是朋友送的一份生日礼物，在如花的五月里，鸽子是成双送来的，来时羽毛闪着油光。

一对美丽的小鸽子，怡然走在阳光下，漫步在和风里，就像朋友的关心和爱围绕在身边。看着它们慢慢长大，相依相偎，一鸣一和，在庭院里抬着精致的小脑袋，迈着细巧的脚步，清亮的眼神轻轻闪烁，我心中的喜悦像照耀着它们的朝霞、夕阳一般流光溢彩。可是——我怎么如此疏忽大意，在夏日暴雨倾盆、狂风大作的子夜，忘了大场院里有兽影徘徊。

清晨如洗的阳光照在床头的时候，妈妈带着惊恐的声音叫醒我："快去看看你的宝贝鸽子吧！"

我看到的是无声的战场："硝烟"已散去，妈妈辨认着说，横着的是公鸽子的尸体，没了双脚双腿。缺了一条腿的母鸽子独立一隅，以平淡宁静的眼光望着我，一副心如止水的神情。妈妈红了眼圈回避真情，我没有掉泪，心疼得吱吱作响，怎么都抬不起头。我一直蹲着蠕蠕地捡拾染血的羽毛，查看早无气息的鸽子的身体，看它的伤，我的眼寒得一丝一丝冒着冷气，我觉得旁边的梅豆架也生疼生疼的。想象昨夜该是怎样惊心动魄，也想着鸽子和人一样……

我葬了死去的、羽毛附带着血的公鸽子，以及母鸽子的一条腿。轻捧着母鸽子进屋，把消炎片碾成粉末敷在它血肉全露的腿根部，连敷三层才不往外流血。鸽子如豆的黑眼睛望着我，很空的表情里什么都有，又什么都无，它望着我，就这样无声无息地望着我。多少时间过去了，我的泪水仍在往下流。鸽子望着我，依然无声息，淡淡的雾一般静悄悄。善良的鸽子呵，它依然美丽，就同纯真善良的人一般，我热爱这样的美丽，这样的灵魂。

我心疼我的鸽子，同时更思念着我远走异国的朋友，想他高飞的志向是否也罹难了，其实不，倏地，发现罹难了的是我的忧郁。

劫难之后，鸽子心有余悸，一闪门，伤痕累累的它“哧”地一下飞走了。一连七天，母鸽丢了。再下雨的时候，我总想着它的伤会不会感染，妈妈不敢念叨，但总不停地看着天空。

“小若！你的鸽子回来了！咱家的断腿鸽子回来了！”一日，妈妈叫着我，惊喜至极，趔趄地冲到我的书桌前：“快！拿玉米！”妈妈没有停立，立即去喂它……夏叶、秋花、冬雪，一只腿的鸽子成了全家的焦点和牵念，谁回来都先打开院门看看它，看看它平平和和唱大风的样子。

眨眼春又至，全家出游。妈妈和我放了许多玉米在院里。全家人快乐地玩了一星期，回家马上查看：“噢，鸽子没回来，玉米还多呢！”天黑了鸽子也没回来，一连几天，我们期待着它像前一次一样重返，然而它再没回来。

一个周日，在邮电大楼顶上，我看见一只独腿鸽子，小小的身影浸着金色晚霞，显出绝美的神采。我惊喜地叫道：“是我的鸽子，我的鸽子！”我知道它活得好好的，够了。即使它不是我的那只，我也释然。它已无言地向我昭示：生命不息，飞翔不止。

所有鸽子，所有生命，所有灵魂，即使已残缺，即使遭重创，亦皆如是。缺角的风，少页的雨；折翅的憧憬，断肠的梦……哪一样停止过它追寻的脚步？自人类有史以来，可有英雄身上没血痕，可有壮士心上无伤口，可有豪杰衷肠不撕损，可有好汉胸襟未扯裂，可有无忧庸者无烦，可有无困愚者无扰，有吗？有太阳旁边无云翳？有晴空里面不飘雨？有吗？……“生命不息，飞翔不止”，是生者对生命的诠释，是成长对存在的解密，是大自然的主旨，是天地间永恒的优美旋律。

无言的鸽子无言地飞走了。许久之后看到他署名的一篇文章，我看了又看；妹妹看着我，看了又看，执笔为我写道：“报上的黑纱紧紧挽住我的视线……你曾经点燃过我潮湿的心。”我安详如鸽子的眼眸无言地穿越小妹的诗行，想起我透亮的爱情、华美的青春，清清的岁月里有我淡淡的灵魂所坚持的朴素真理……

生命里，我有一只鸽子飞走了；岁月里，什么东西随着鸽子也走了。青春是一只美丽的鸽子，成长着的、我的那一颗心呵，也曾是一只无言的鸽子；历史和世界呵，往往也是一只无言的鸽子；无言的鸽子无言地演绎了这个美丽的世界。无言的美丽呵，亘古不变地支撑着世界，让星星亮，太阳红。

无言的鸽子无言地飞走了，青春的天空中没有痕迹，岁月依然平和地唱——成长是一首美丽的大风歌。

每个人心上有一只大象

新年初，在长沙。

老同学了，年年岁初发来信息，祝福我的新年。

我跟他说：“在长沙。祝一切好！”

那边立即回复：“这个城市里有我对你的感情，你能帮我找回来吗？”

看着高大的桉树，那上面应该有他年少轻狂的眼神。我是在与当年同学们众多的通信里，从他的描述中，认识的这种树木。只记得，他说：“一路火车，眼望到南方的桉树叶，心依然冻僵在北方的雪地里……”我无语。

今天看到高大的桉树，亦是无语。

我找不回他的感情，就如同他自己亦不可能找回他的青春。

我的青春呢，我的感情呢？

谁又找得回？纵是能够找回，我想我依然要放弃。放弃他的，也放弃我的。

他说，他把感情给了我；而我，把感情给了另一个人。

我有几个别人，他有几个我。说来都是唯一——

“唯其如此，才伤得最深。”他说。

我曾经年少不经事地说过他：“活该。”虽是半开玩笑。我说，我又不曾“引诱”你。

他说："你的存在就是诱惑。"

我语噎。

心想，我怪谁去。他可是引诱了我的，我的那个别人——他。他千回百转地暗示我。

他说："你错了，我直接暗示你，你都没反应。人家千回百转，你就领会了，说明还是你自己的问题，你愿者上钩。"

我说："是啊，是。我不愿意是你，他又甩了我。我也活该。"

他一怒走天涯。

我独守着小城，独守我自己的孤单和忧郁。

多年以后，各有家眷。我在小城，他在斯里兰卡，那个有着"小小米杜拉"的地方。我清晰地记得，少年时候，有一本画书《小小米杜拉，来自斯里兰卡》。小小米杜拉是一只可爱至极的小象，它是中斯友谊的象征。我向往小小米杜拉。没告诉他，但对他所在的地方，有了了解的欲望，我推心置腹地和他聊起来。

他说："知道吗？我曾经很恨你。"

他说："知道吗？我现在还不死心。"

他说："知道吗？……"

我不理他。

他追问："说话呀。"

我说："知道吗？你说的，我全不知道。现在也没有知道的必要。"

"那你想知道什么？"他的QQ头像一闪一闪的。

我说："我想知道，你那里大象的模样。"

他说："那你来探亲啊，我单位会给家属报销飞机票。"

我又不理他。

"怎么又不说话了？"他说，"你这个人想知道啥，都是假。"

"只有一样是真。"他接着打字。

"什么是真？"我好奇了。

"想知道什么是真——是真。"他说。

"那什么是真？"

"不能告诉你！"

我不再理他，不想跟他玩文字游戏。

最终，他也没有跟我说什么大象的故事，只是说："我是多好的一只大象啊，这是真。你不要我，也是真。"

在长沙，我看着这里他曾经读了四年大学的地方，这里有让他流泪的桉树，这里有他的青春，他的情感。和我有关吗？和我有多少关系？我对谁负责，谁又对我负责。我只想到过自己要对自己负责，每个人都是。

想到这里，我有些厌恶他言语的纠缠了。

一转身，我的视线丢开了桉树，也把手机放在口袋。

但是，我也开始模拟地想，他流泪的时候，我的心在为谁痛。他的青春在这里，他感情的一部分在这里。我的呢？我的青春，我初次流泪的感情呢？我自私地参照自己，也遥想青春里许多不一样的面孔，却都有相似至极的情感。

高大的桉树啊，记得，读他的信时，我在疯狂地盼望一封封北方的来信，我懊恼地称北方的他是我的北佬。我的北佬折磨着我的时候，我在折磨着他。其实啊，走过青春，谁都明了，分明是自己折磨自己，谁又折磨得了谁呢，能折磨自己的，只有自己的情，自己的心。

我为他不值得，因为我当时从来没有考虑过他，他的冷暖，他在桉树叶边的忧思，甚或泪珠。我关注了另一份不值得，那是我的他。他给过我希望，天下最广博的想念，他也给了我绝望，地上最辽阔的失落。

不同的是，他给了我回应。而我，从没有给过他回应，哪怕，一丁点儿。

他说我："真狠啊。"

我说："不敢让你有想法，怕你误会了，会伤你更深。"

他说："你还知道你伤我深。"

我说："知道啊，因为我受伤更深。你是无回应，我是被抛弃。呵呵。我笑得冷，笑得疼。你说，如果我是他，多好。我也说，如果，你是他多好。"

那一个寒冬，他离开小城，我说："天涯何处无芳草？"

他说："别劝我了，管好你自己得啦。"

"天涯何处无芳草，祝福你！"他决绝地走开，那身影，就如同北佬决绝地离开我。我想，男人决绝起来都是一样的，不管对人还是对己。

于是，许多年，我只收到他的信息，在每一个阳光明媚或是雪花纷飞的新岁之初。他说："没法子啊，我的心，在你这里。"

这话让我心痛，痛得冒着烟儿地流眼泪。初次流泪的青春仿佛又在眼前。一年，一年，我岂不也是贱，贱，贱，给北佬一条又一条信息吗？有时，他回，有时，他不睬；有时，他突然想起来，发来他的信息。

“我们爱的是自己，是自己的青春。”我笑呵呵地对他说。

他说：“你是，我不是。我是发给你，我的牵挂。”

“你牵挂的，是你，还是我？分明是你的青春，你年少不经事的情感！”我笑着。

他说：“随便你了，我心我知。”

我曾跟他说：“把心安置在青春里，青春不回头，情爱也莫回头，找不回的你，找不回的我，找不回你、我、他的情感。找不回，莫回找，免得找到难堪、尴尬与纠葛。”

想一想，一江春水向东流，孔雀只管东南飞，不回头。莫回首，再回头，是污水，再回首，是乌鸡——鸡肋，你也要吗？乌鸡眼，你愿成为？真的，找不回，莫找回，阳光灿烂的日子里，莫沾那一池水，人生春已逝，春水亦无春，莫污了家的容颜、亲人的衫。

一转眼，看到驾着车的先生，正歪了脖子夹着手机问路，那模样，我禁不住地乐——多像一只可爱的大象啊！给对方回信息：“我和我家公大象正前往橘子洲头，问候你和你家母大象好哈！免复。”我得赶紧给我家先生拿着手机，好让他听呢！

发信息，只发信息，免复；要不，信息也免了吧；春在春山，心归心田。

送你一枚幸福果

冬日的一天，一位老友来访，说是老友，她说实是对她的“抬爱”，她本是多年前我带过的一个实习生。

那时我刚上班，与她年龄相差不大，她叫我姐姐，不叫我老师，我也乐得宠她。想是她走向社会的第一步，她遇到我，我便是她的“社会”了。实习单位是她认识社会，感受社会的第一个窗口，我给她信心和鼓励，也给她在社会上打拼的勇气。

实习成绩单上，我盛赞她“是一棵从教的好苗子”，拎如椽大笔，给她一个最高分——“99分”。恰逢单位发苹果，装给她一袋，她乐得直叫我苹果姐姐。

一直以来，她和我都不断联系。她恋爱，结婚，生女，又婚变，我全晓得；她的喜怒哀乐、酸甜苦辣，人生“感悟”，社会“传奇”，生活“柴米”。我这里，有她的一个记忆备份。

她的故事，我只是旁听，没有参与，连所谓指点也是难有的，她的识见不在我之下，她的经历和果敢也是我没有的。我只消听，她说：“姐姐，我说话，你听就好了。对我，是一种幸福。”

我说：“对我，是一种丰富呢。”

她笑了，笑成红苹果的脸，偎着我“姐姐，姐姐”，叫得我欢心；有时，叫得我心痛。痛着她的痛，欢喜着她的欢喜。

她会常常给我发信息，发来她写的诗，是古体的形式，寓现代的意义。她会给我寄来她隽秀的小楷，书写她的感情和感悟，并且不停地索要我的回信。我只给她一通一通的电话，她抗议着不听，喊着："写信，我爱读你的信，像阳光，像雪的信！"

我曾经纳闷——怎么信就像阳光，像雪呢？

她的人生辗转着，也不断地辗转来给我讲她的故事；我听得心翻腾着，找言语安慰她，开导她。她总是笑着说，我送她的红苹果，真好吃。笑着，笑着，笑出一滴泪。

冷冬时节，她来访我，带了一袋红苹果。每次来见我，其实，她也都是给我一袋红苹果、黄苹果，或者青苹果的。她说，人生里，她总记得，那一袋红苹果……

她走了，我却兀自望着那一袋红苹果发呆，想那红苹果的前尘、今世、往时、眼下。

人生，奈一袋红苹果何？红苹果，又奈得人生几何？红苹果的暖，人世的酸甜，暖我，暖她；酸甜，有共，有不共；生命里的那些，可分担，也有不可分担。

红苹果的路程，也是独自前行，一同成长，一同涨红了脸，只独自去旅行，在人世间。相互间的音讯依恋，是一枚果儿的红、黄、青，泛着相依偎的青、黄、红。

苹果的颜色，我喜欢，不只是这红。我只愿，她的脚窝里，香果飘，连成天涯芳菲。

手机里她的信息传来："姐，红苹果是我们中国的幸福果，把我的祝福留下，我已带着你的祝福在路上。"——原来，她已报名支教，去西藏，那个她梦中的地方。

咬一口红苹果，滋味在心上……

她说过："前半生为家人而活，嫁了父母喜欢的人，后半生要为自己而活，去嫁自己所爱的人。"我知道，她的心上，有一所哨卡，那里，有一位守卫雪域的士官，曾经等她一起过新年。

而今，她是去过新年，还是看望青春年少的梦？

你如果爱我，就坐着火车来

清晰地记得，我主持的中文系诗歌朗诵会上，一个女孩子大声地朗诵她的诗歌《你如果爱我，就坐着火车来》。

如今想来，那是青春的诗，也是岁月的歌。

因为喜欢雨，我才到省内的信阳去读书。可去了才知道，那里的雨儿连绵不断，令我的青春、同室的女孩儿睡不着。

青春过去，四年的故事和大学生活里的忧欢历历在目。隐隐的青山无声里含着深情，诉说着过往的一切。车窗里，我的心剥落尘埃，唏嘘不已。

车过信阳，我在车窗内怀想，在铺位上张望——

贤山、浉水，都还是老模样。矮矮的茶树，挺拔的翠竹，美丽的鸡公山，依然一尘不染。笑声朗朗的南湾水波呢？也还是白浪朵朵，该是在小学妹、小学弟的眼眸里荡漾着了吧。想起校园里的蔷薇花墙，我和蓝曾经去窃花装点我们的306室。也记得小女孩使劲的摔门之声，成为拒绝的诗句，上了《远方》，如今回想还为当初那种无知难堪。校园的石阶路是我最爱的记忆，是它演绎了青青岁月里无尽的求知、友情和初恋。沿着它，四年里我匆匆行于宿舍—教室—阅览室—教师宅—教授邸之间，有时毕恭毕敬地抱着论文，有时一脸求索地拎着书本。遇有人问，则曰：联系业务去呢！曾和学友在槐树花的清香里反复策划《方舟》组稿、排版，忙不停。也曾夜深时和芳在楼道里窃窃私语，把在雨中巡视的守卫员吓得直叫。还曾一口气爬上总算没人的六楼，惶惶然展读“北佬”的来信，失了矜态。日日都问：“有我的信吗？”不去吃饭，踩着方凳，趴在高高的床上复信。和大家一起野炊燎了头发。微雨中寻访何景明墓，被人看走心事“怒不可遏”……车过信阳发现这一切早已成追忆。

如果爱我，就坐着火车来。在信阳，许多个女孩子的男朋友，都曾坐着火车来到谭山包，而且不止一次。我喜欢极了这种氛围，接车和送行，尤其是一次次把车票几小时几小时地往后改签，那种缠绵，那副柔肠，真的动人。经历以后才知，如此小儿女姿态，动起真格，一世一回，足矣。初恋美丽如昙花绽放，一瞬便是永恒，而香味幽幽，弥漫长长一生。

车过信阳，往事翻涌，一种平淡的无奈涨扩着心口，我无法让自己平静得没有声息。青春的亮丽，种种黯然片片，似褪色的大红大紫浪花般奔卷而来，欣然拍打我木讷的心岸，似埋藏愈久使人愈惊艳的宝石，悠然击点我每一个懒得回忆的脉穴。

没有谁负谁，没有谁弃谁。我只知道，“月本无古今，情缘自浅深”。爱是真的爱，你的滚烫，我的火热。

我说：“不懂自己了。”

你说：“老房子着火了。”

信笺如田，情丝如垄，你耕作，我施肥。没想到，十二万分小心呵护里，一段情还是灰飞在相错而过的红尘绿水间。多年后，我终于有勇气回信阳，看贤山，赏浉水，也终于大度地跟你说：“母校很漂亮，还是回去看看吧。”

你迅疾打来电话，听我讲述南湾水、贤山阁依然的容颜，我轻轻说：

“‘美丽的小鸟’在自由飞翔……”

你只悄回：“昨天的谜语猜对了……”

至此，你我均无憾：“爱过已好……”

感谢让我们成长的城和青春，有雨融进青春里，润泽了时光和岁月。

花儿安详地绽放在每一方土地上，雨轻轻地飘洒在每一个站台里，信阳火车站还是老样子。熟悉的信阳腔飘进了耳朵，我一下子又嗅到了阳光下接车和送行时天空里的情味。

车过信阳，我听见小女孩儿大声地朗诵“你如果爱我，就坐着火车来”，我也听见她轻轻地吟读：“拈起你唇边那串亮晶晶的笑容，轻叩你无眠的月亮小窗……”

车过信阳，我发现信阳站是我长长行程之中的一小站。我对它的感觉是有些别样，可也没有遥想更多的不同。在我心里，信阳和其他我经历过的地方各有千秋。我偏爱它，可不至于一生都要忍泪回眸，笙是碎在这里了，但因此而停止吹奏也太狭隘了。

青春的列车走远，岁月的歌声犹在——我还在列车上，初恋孑孑独行，在雨伞飘动的紫丁香的巷，在木棉花红硕的花朵和橡树高大浓密的枝叶——

在我一声声说：“我要以树的形象和你站在一起。”

在你一遍遍叮咛：“静静地，不要说，你看那道风景线。”

风景如画，青春华艳，你是那橡树，高大；我是那木棉，红硕——你我，不在一起，各自站在各自的站口，各自牵手，各有等候——

列车从你我身旁呼啸而过——你如果爱我，就坐着火车来——爱的火车，开向岁月深处，或安静地蹉跎，或花开成锦……

你我，于你在、我在的地方，等候，离去，奔赴你的、我的，列车不一样的方向——“呜——轰隆隆”，鸣笛如花，雨如长风，穿越青春——

记着西湖，记着你

那一年国庆节，我和S在杭州看西湖。20岁的年纪，恰逢多梦时节。

一日，S留守在杭州大学招待所等候同学，我则独自一人又溜到不远一里的西湖边。东方日出晴方好，波光潋滟处，处处有我的遐思万种。

我在仅有的一个空椅上坐下来，想我们说的一堆傻言语；想我们相约，待到“映日荷花别样红”，再来读“接天莲叶无穷碧”……我第一次品味到如痴如醉是什么。

“荷花开时是什么样呢？”一个声音惊动了我，才发现身边不知何时，多了个陌生人在忙着夹画纸哩。

“和男友一同来的，小姑娘？”

“您怎么知道呵？”

“我昨天在这里见过你们哩！从哪儿来啊？”

“我从沈阳，他从广州……”

那人笑了——

“哦，国庆节到这里约会来的。”他明白地点点头，大大的双眸，显得空荡荡的，“小姑娘，怎么不问问我呢？”

“那您呢？”

“我是一个人，本来应该两个人的……”他不说了，我也就不再问。

我看我的西湖，他绘他的画。不时地，我的目光也回到他的画板上，感觉他好像不是很专业，涂来涂去的，远没有西湖有味，也不耐烦去看了。

太阳当空的时候，S带他的同学到湖滨寻我，午饭后告别S的同学路过这里，发现画画的人还在，就指给S看。一起过去，看到他画的西湖里开满洁白的荷花。

“还没顾上吃饭吧？”听到S问，他抬起脸，眼睛湿湿的，“这儿有些灌汤包，别嫌弃，先垫一垫？”

他没有客气，接过了包子说：“小伙子，我也是广州来的，你是哪个学校的呀？”

谈话中我们知道，他是一位广州医生，妻子是他医学院的同学，两人相爱相知，妻子喜欢荷花，他们很想来看西湖的荷花，可假期总凑不到一块儿，不是这个加班，就是那个离不开，一直没能如愿。

“这次国庆假期呢？她……”

“她不能来了。两年前，她患了癌症，已经去世了……她多好……”我恍悟广州医生的白荷花是什么。

黄昏，我们牵手离去，医生的《西湖花开》已收笔，但他说还要再待一些时候。晚霞里回首，他静默地坐着，S说：“他心里的荷花还没画完呢。”

我和S一直都记得这位医生和他的荷花，就像记着杭州西湖一样。相处的日子里，我们非常珍惜花开的分分秒秒，明白生命短暂而脆弱，情感却坚韧又长久。

面对毕业后工作两地的山山水水，几年后我和S疲惫地感到，生命有时坚韧长久，情感却脆弱短暂。分手时S跟我说：“我会像记着西湖一样记着你。”

生活里花开朵朵，美丽一样，无奈也一样吗？

生命里花开年年，年年的花都跟西湖一样美吗？

金秋时节，又想起广州医生，想他现在的人生里是不是盛开了西湖的花儿。

最珍贵的一无所有

当年没有谈过恋爱，我的一位中学老师点评："空白也好。"

辗转几年之后，我又失恋了，见到我的这位老师，我说："老师，我又成空白了。"

老师却说："这叫一无所有，不叫空白，你这样的年纪了，要是还是一片空白，才是可怕的。"

老师的话，如禅，我没有完全领悟。

多年又多年之后，教书的我，我的学生也到了我失恋的那个年纪，她也失恋了，我看到她的签名写着："25岁，最珍贵的一无所有。"

众多的好友群像里，她的那一栏，我很少光顾。她的空间，她的故事，我在这一句话的引领下，去观看，去追寻蛛丝马迹。

离开我之后，她上了医专，工作了，离我很近，我知道；她参加单位的演讲比赛，专门来找我帮忙改过讲稿，这个我也知道。之后，身影随风，渐淡渐远，虽然我们在一个小城，工作单位也相距不远。她恋爱、恋爱、恋爱，如今失恋。她的珍贵的一无所有，是经历过后，什么也没留下，但是，经历了，也就不白活，青春的柴火垛，曾经堆到云天外，是美丽的；美丽过，是珍贵的，如此的一无所有，于25岁的她，是一份珍贵的一无所有。

找我改演讲稿那次，同来的还有她的小同事，一样年轻，一样青春洋溢，身材小巧玲珑的那女孩已有对象，我的这学生，没有——她跟我说："老师，我定下来会带他来见你。"

想她正在选择中，她问我："老师，你说我会找什么样的？"

我笑着说："当然得找个对你好的啦。"

她笑了："老师，说外表。"

我一愣："是啊，你这么高的个子，1.78米，要么找个比你矮的，也很优秀，要么就是比你还要高，高高的……"

我话还没说完，她急不可耐，打断我："老师，肯定是后者！"

有一天，我在遥远的街头，果然看到她和一个高个子的男孩在一起，两个人都那么高，在人群里很显眼。边走着，边说笑，当时有云彩从他们的头顶上方飘过。我仿佛感到，这两个年轻的孩子，会走进云彩里去哦！

没有打扰他们，我带着我的孩子绕行而去——我想，那应该是她的"最珍贵"，青春里遇见，青春里牵手的那一个。因了青春，因了岁月，因了韶光会流逝，嘉年华不再有，承载青春的名，将成为永恒与最珍贵——如今，想是一无所有了，所以，她写道："有些人，有些事，有些话，有些爱，想回到过去。"……她还写了："痛之，领悟……"还有一句，呓语一般："我想要的。"

傻丫头哦，你想要的，是什么呢？"最珍贵"的，化作"一无所有"，你所剩余的最珍贵——应该是，这最珍贵的一无所有带给你的成长。

在她的蓝脚趾、卡通拖鞋、乳色般白净脚丫的图片边，我悄悄留言：

感谢你的一无所有令你成长，这是最珍贵的。一无所有，最珍贵的是你将会拥有所有——希望、勇气、友谊、爱情、理想……

一无所有的时候，有最真实的际遇，未来自己最怀念的时光，会是这时候的模样。

经历过的没有，不再是没有，那本已是满满的拥有，哪管伤，哪管痛；尽管思索，尽管坚持，一无所有里隐藏着万千气象，慢慢待，花香与小鸟，漫天香，漫天飞……

25岁里，有天底下最珍贵的青春，拥有年轻是个宝。况且，此时，你已经过一无所有的荒原，有多荒凉，就会衍生出多少丰饶。

春天来了想念谁

大学读中文系的时候，在古今中外作品选里，有一句是忘不掉的：人在春山外。

那时年纪小，你爱谈天我爱笑，哪个少女不怀春，哪个男子不多情。

如今，早已过了“和羞走，倚门回首”的青涩年华。可有时，还是那一句，人在春山外。

到底谁在春山外呢？

是少年时的怀人呢，还是少女的怀想。应该是兼而有之的。美妙的就是他、她、它，皆在春山外，只能怀想，只能思念，仅此而已。必须得“已”，倘若可以奔过去，就不再如此如斯地让尔令我痴迷了，想念欲滴不能滴，美好欲落不要落罢。真的滴落在眼前、掌心，就什么都不再复。最美的呵，就是那份似有还无的念想，想来总是令人念念不忘，也是念念难忘的。

难忘记，不忘记。难忘怀，不忘怀。想是他、她、它，在春山外的那美、那好、那妙绝，以为妙绝，因为想得众妙俱备，自然以为妙绝，宛如口技人坐屏障中。

其实，一桌、一椅、一扇、一抚尺而已。

终究，有的美丽，不能揭下他、她、它的红盖头。

揭下你的盖头来，我绝望成水。我的一位历经九曲回肠的初恋之后的文友，如此评说她荡气回肠之后，荡然无存的初恋。

包括爱情，包括好多东西，本是一种主观臆想，是一个人的想，便经不得另一个人的成像。象形的文字，原物是不美的，美的是成为象形文字以后，那份隐形的、绰约的、似是非是的是和非。

这山望着那山好。一位走过绚丽花开，也走过残枝落叶的老人，曾经告知年轻的一群人，生活永远是这样，让你想念你没有得到的东，和你无法得到的西。其实，得到的同时就是失去，失去便是心灵的真正得到。这似禅又似非禅的话语，让我入禅一般入定，怀想着，琢磨着，春山一般美好，春山外一般可念可意。我领悟一种只可意会的圆满，不可言传。如春山里的想念和山外的他、她、它。

春天来了，你想念谁？自是一份美丽和怅然。意念里，头脑里，胸怀中，指物之作，在发芽，在萌动。你的酝酿，在发芽，在开花。你又何必跟了去，追究他、她、它的真面目呢。

就这样怀想，在四月的玫瑰园里，在春天的草莓丛中，在人间天地的芳菲深处，自顾怀想。静静伫立，不要抬足，不要移动，你一起身，春山内外的鸟语花香，皆从心头移走。

想念春山外，春山内外的我，皆是充盈圆满的。走到春山外，春风吹又生的美好，更揭示一岁一枯荣的残酷。

我只独自守候，守候我的春天里的想、念和臆想着的事。

春天来了，想念谁，并不重要，我只要我想念的那美好和妖娆。我陶醉着，是想念的美好，是春天的来到。

来到我心上，来到春深处。

春天来了，想念你——美好的，那一切。

人不在春山外，心在春山外。

青山，一座座，在春风里。想念，心上，所有的，花开。

有一条山脉叫作绿袖子

有一位作家朋友去了南极，他回来写了一本书。在谈论书的时候，他迫不及待地给我们讲他在南极的一个发现。

——是常识性的发现。那就是，所有的山脉、岛屿、河流、海岸，都是由它的发现者来命名的。在大探险年代，那些第一个发现新地域的人可以任意命名。多以自己的名字命名，也有以国王的名字命名，抑或以战友的名字命名……而探险者均为男性，所以，在南极都是男性的名字，其中，也有发现者用所在国家元首名字命名的。让这位作家按捺不住要告诉我们的是，南极亦有芳名。在充满雄性名字的南极，有两个芳名——

法国探险家迪尔维尔将他发现的第一个地方，以他妻子的名字“阿德利”命名，以感谢她为支持自己完成远距离的探险，而忍受着长期分离的痛苦。

基于同样的感情，美国海军上将伯德在20世纪20年代，对南极大陆进行航空测量时，将他看到的从未有人发现的一片山区，以妻子的名字命名为“玛丽伯德地”。

大家听着这位作家朋友的南极见闻，纷纷开玩笑：

“你的山脉会用什么命名？”

“他的海岸会用什么命名？”

……

相互取笑之时，作家说了：“谁也别笑话谁了，谁的生活里、心头上、眼睛里，还没有一条山脉、一条河流不成？”

是啊，朋友琳，长跑八年修成正果。她的丈夫屿，包容她，担当她，给她美滋滋的生活，物质的，精神的。

人到中年的琳也说，生活上，情感上，她都依附着屿。什么最好，也全都奉献给她的屿，凡其所有。“今生，屿是我的幸福岛！”她以小女人的姿态，娇柔十足地说。

小茜呢？她是在情伤累累的时候嫁的江。当年，已与她领了结婚证的何，在外出培训中邂逅了某红颜，移情别恋。为面子，为自尊，她后来跟我们说，那边与何办了离婚证，这边就与江又领了结婚证。

她坦承，当时挖一眼补一眼的心态占上风，有些赌气，也是孤注一掷。但她说，一直感激丈夫江，他深深懂她，理解她——江却跟我们掏心窝地说，他是真的爱她，真的心疼她……

无疑，小茜的心上，江是她生活的大江，幸福的海洋；而江的心上，小茜更是爱的山林，今生的黄金海岸。

幽幽的艳，没有说话。其实我们都知道，决意终身不嫁的她，心里有一条青春的山脉，山脉上还有一座青青峰，高耸着，是她的初恋。她的初恋没有成，好多人的初恋都不能成，但艳是“一根筋”，她从此不再爱，不谈嫁娶。

任何时，爱谁谁，凭你说破天，磨烂嘴巴，她只微笑，笑而不语。多强劲的锋芒，也敛了回去，软硬兼施全都败了去，散了气，销了迹，渐渐，无人再相劝。

她安详在她一个人的日子里，她静谧在她一个人的情爱里。多年以后，她只说："爱过，爱就永在；心安好，谁人也莫相念……"

她的心上呢？她缓缓地说："爱就是南极，其实南极以爱命名，爱自己，爱国王，爱战友，爱妻子，爱探险事业……我想我就是南极。"她说。众人不解，旋即，又纷纷点头，若有所思……

春是一个务实的人，他当年有一相好的女同学，愣是被缘分分开：他考到北方，女友偏被南方的大学录取；他分配在南方，女友却被安排在北方工作，两个人有缘无分，最终在两家人的劝阻下，痛苦分手。他说："不服不行，爱有天意。"但是，他又说，"那女孩永远在我内心最深处。"

如此想来，大家笑他："你的南极上，应该有一座井，怎么命名？"

他笑而不答，半天，才说："那是我的心，心井，不启封的。"

说着，他的女儿打电话来："妈妈煲好了鸡汤，快回来喝！"

他笑着摆摆手，冲大家告别："回家喝老婆的心灵鸡汤！"众人笑。

总是不说话的瑜，被大家问及，她说，其实有些美好，不命名也芬芳；她最喜欢初恋的男友陪她听一首乐曲《绿袖子》："俺心上那条山脉就叫绿袖子吧。"想是这首乐曲惊艳了瑜的一颗少女心，此时这首经典的曲子也惊艳了大家，你一言我一语，说这是英国水手的爱情，说这是某国国王的爱情，还说——绿袖子到处都是，民间、宫廷、大街小巷，穿绿衣的女子多了去，哪个女子不是一朵花，一朵浪花，一朵山花，一朵雪花，一朵心花——心意如花？爱情如花，绽放于田间地头、春风明月、花好月圆的眼里、心里。某年某月某一天，某一个为爱探险的男子心中的南极——那洁白无瑕的天地……

人生是一场长跑

跑道上，发令枪一响，一群孩子跑将起来。

A抢跑成功，冲在最前面，一直遥遥领先；B起跑落后，速度也欠佳，一直落在最后边；C、D、E、F起跑也可，速度也可，居于中间；C个头高，步幅大，居二；D瘦小一些，居三；E和F随在四五位。

队伍前行，一圈、一圈……突然，遥遥领先的A掉了棒，跌了跤，他趴在地上，不肯爬起来，弃权了，退出比赛；C也掉了棒，但他马上捡起来，继续跑，此时名次二变三，他不气馁，继续追赶；D也不当心跌了一跤，在他一犹豫的当儿，E、F超了过去，刚才的C也赶上来了。他泄气了，跺着脚很懊恼，下决心追赶，但此时，B也超了过去。

E领先了，场内场外欢呼一片，他奔跑着，自豪感油然而生，跑得更快。人们的掌声也更响了，一浪高过一浪。他兴奋得忘乎所以，花样百出地跑，“哎哟”一声，扭伤了脚踝，被医护送上担架，抬出场外。

人们的视线和掌声继续追向F和后来居上的B，以及落后却又往前赶的C、D。

一圈、一圈……意料之外，情理之中，毅力、耐力、持久力……恒心、决心、友爱心……静气、勇气、英雄气……智商、情商、逆境商……种种状况，不断出现，变化连连，格局不停变换，排序不断更新。

最有希望夺冠的A退赛了，较有希望的C、D不耐挫折，落后了，曾经花儿一样璀璨的A、E，却因为退场而无缘闯线，倒是最没希望的B，速度和技巧不是第一的，却夺了第一。只因他善于坚持，颇有耐力，不急不躁，不骄不馁。不大有希望的F气定神闲，似乎是出人意料地获取了亚军。

——人生如赛场，跑得好，还要跑得久；莫若跑得慢，稳妥前行，终会跑得好！

什么会令你停下来呢？生离死别，疼痛伤病，失恋，失足……种种风吹和雨淋。要禁得住，要能够承受，要慢慢走过，要成功撤离……

人生啊人生，的确是一场长跑……霜雪天，不妨跑慢些，但不要停下来，不停下来，就会跑完全程。

跑完全程，哪怕倒数，亦是英雄。

人生是长跑，无论如何，不要停下脚步！

最近的你，最远的我

在博客上，看到一个女作者的“立此为证”，那血腥的殴打，那凶狠的计较，那不依不饶，那歇斯底里……让我痛感——最近的人，原也是最远的人。

我曾听到老人劝说我的表姐：“你姓啥，他姓啥，不是婚姻，谁认得谁呢。”

当时的我沉溺于“暗恋”中，我嫌家族的这位老人“冷血”，嘟了嘴巴，跟表姐说：“有爱就有暖，红线一牵，火星人你也嫁得！”

老人和表姐全被我逗乐了！他们说：“让你以后嫁个火星人吧！”

曾经以为，我的“火星人”离我很近，其实，“他”本就是一个最远的人——幻境里的白马王子，泥土都不是。

应该结婚的年纪里，妈妈给我拉郎配，我嫁了一个心上最远的人。我以为我不爱他，事实上，我根本没想爱上人家，他逢人介绍：“这是我爱入！”他似乎喜欢这个词语，他介绍的时候，我心上一动，是爱的人吗？向人介绍他的时候，我总是说：“这是我的先生！”心上潜台词是：“比我先生了两年的一个人。”

相安无事中，我们度过八年。八年之后，我必须考虑生孩子的问题了，再不生育，女人的这一权利，对我来说，将成枉然。姐姐妹妹们的左烘托、右渲染，还有他的执意，也让我动心。宝宝来的时候，我发现——他是孩子的爹，这一点谁也无法替代。

此时，我庆幸，曾经最远的那个人，渐渐走近了我。是比我先生了两年的这个人支撑了我的现实生活。

最近的人，走远；最远的人，成为最近的人。多少造化，多少因果，多少年如一日的感应与感动，我与你牵手，渐渐牵肠挂肚。

多伦多的苹果树

一

那一日整理书橱，我在一本发黄的欧美小说集里，抖落出一把干干的苹果花，淡淡的白，已成茶黄色，浅浅的粉，失了颜色——小苹想起来，这是楠留下来的，是青春的记忆，也是女孩青春岁月的光与影。

二

楠，是小苹读中专时候的一位同学，长发、长腿、细细的手臂，起初并没有引起小苹的注意。直到有一天，她拿了这本欧美小说集来，找小苹交换当年流行的《稻草人手记》。

她说："我知道，这本书你肯定喜欢看。"

小苹很奇怪——"哦，你怎么知道我喜欢这样的小说？"

她笑了："换，还是不换？"

小苹乐得点头。从此，小苹和她熟悉起来。渐渐形影不离。

有几天，楠不再和小苹形影相随——小苹居然没留意，她不再和小苹在一起。

后来，她又和小苹形影相随的时候，小苹才发现——“你那几天做什么去了，没和我在一起哦。”

蓝天白云下，她让小苹看她抄写的诗《苹果树下》。

……苹果树下那个小伙子，你不要，不要再唱歌；

姑娘踏着草坪过来了，她的笑容里藏着什么？

……

说出那句真心的话吧！种下的爱情已该收获。

小苹吃惊地看着她把“爱情”写成与众不同的笔迹和颜色，她吐出一口气：“跟你说吧，我去找人表白了。”

楠斜睨小苹一眼，从口袋里摸出一个红苹果，那诱人的苹果，光亮又好看，递了过来，小苹不解地接住，在手上转一圈，发现了上面的两个字：“迟到。”

当时，很有名的一首流行歌曲就叫《迟到》。

你来到我身边，带着微笑，

带来了我的烦恼，我的心中，

早已有个她，哦，她比你先到。

……

三

楠跟小苹讲，从进班第一天，她就对那“古巨基”心动了。“我跟踪他，终于有机会表白，拿了这诗，这苹果……”楠沮丧着，慢慢流下一行泪。阳光下，泪花一闪一闪的，宛如那诗歌里的苹果花。小苹想象着小说集里高尔斯华绥描写的“苹果树”的模样——粉色的苹果花，美好的梅根，年轻的阿舒斯特……小苹无奈地看着她，问：“他是谁？”

“你假装，是吧？”她恼了。

小苹吓了一跳，无辜地瞪眼：“假装什么？”

“他说我迟到，难道还不是你先到！”小苹被搞晕了。

“知道吧，我为什么接近你——就是因为他！”小苹更不懂，气得要跺脚：“瞎说什么，我又没有喜欢谁。”

楠的脸涨得红红的：“你一到教室去，他就走……他分明是注意你！”

后来，小苹发现，楠说得也对，小苹一进教室，那人就出去了。可这和小苹有什么关系呢？

看着那本小说集，小苹明白楠为什么说她会喜欢这本书了，里边有那篇高尔斯华绥的《苹果树下》，一次读书会上，她给大家推介过，是她最喜欢的一篇，也因契合了她的名字。

终于有一天，楠在课间来到小苹桌边，说：“把我的书还给我吧，给，你的《稻草人手记》。”与书一起的，居然还有那个红苹果。

小苹收起来，却并不还她的书——因为，偶然听到班里男生们聊天，小苹听到了一句话，窃喜不已——因了这句话，小苹对楠说：“我还没有看完。”

四

小苹拿了欧美小说集和红苹果去找那“古巨基”——

小说集翻在《苹果树下》，小苹说楠的一颗心就是梅根的那一颗金子一般的心，希望他不要辜负，小苹把书和红苹果硬塞在他的手上，他说：“你有什么权利强迫我？”

小苹说：“我不是强迫，只希望你跟楠说清楚，你一到下午两点钟就要回寝室睡午觉是你的习惯。”

他急吼吼地说：“我睡午觉，也需要解释吗？”

被他一吼，小苹突然明了——可以改变自己的习惯呀，自己错过那个时间点再进班不就得了。于是，她被自己糊涂过来的明白逗乐了，笑起来：“你也可以不解释，我解释好了，但是，苹果和苹果树，你还是要好好珍惜一下吧。”

五

后来，楠喜形于色地找到小苹，抱住小苹咬耳朵：“谢谢你！谢谢你！——他答应了我。”

小苹却隐隐地不安，夜晚望着天空中的星星，小苹祈祷，楠的苹果树可不要是梅根的苹果树。

忐忑了很久，发现纯粹是多余，他俩很“正常”。顺风顺水的恋爱，滋润了楠，也快乐了“古巨基”。因为，小苹发现，即使小苹下午两点进班，“古巨基”也没有回去睡午觉了。男生们议论，恋爱中的“古巨基”的时钟跟着女朋友转，楠可是从来不睡午觉的哦！

在楠怀孕四个月的时候，他们一家人移民去了多伦多。临别，楠留下了她们一起喜欢过的那小说集：“把这棵苹果树留下，祝福你的爱情！”

六

多伦多大街上的苹果树，枝繁叶茂，硕果累累，果香飘飘——看着网络上楠发来的图片，小苹似乎闻见了苹果香，她知道，那是楠的幸福味！

生活在幸福之中，楠总是忘不了——“小苹，谢谢你！”她总是说。

小苹强烈抗议似的表白过：“那是你自己的缘分，与我无关。”

“我和他一起喜欢苹果树，可能含义并不全部一样……可是，我爱他，爱他的全部……”

——深夜的视频里，小苹看到楠颓然地低了下头。她的心被钻钻了一下，又厌恶又生气，情绪冒着烟儿为楠痛了一下——当年，她以为她退出来，楠就可以拥有她想要的那幸福的苹果树……

小苹确实淡忘了青春的往事，视野愈来愈开阔，眼界愈来愈宽广，但是她永远记得——“宽的做垄，窄的做埂……”

当她为楠做了说客之后，在课桌里收到一首《爱的诗笺》，折叠成一个小苹果的模样，信纸上那横的红格，有宽有窄，夹着一朵朵粉的、白的、芬芳的苹果花。一颗心里画着一个小小的苹果，是他的名字裹着她的名字——

七

苹果树总开着粉白的花，一年又一年。

读本科念硕士，直到楠和“古巨基”的孩子都八岁了，小苹结婚——

无论如何，楠要求小苹带着新郎官，度蜜月期间能来多伦多——“看看多伦多的苹果树，也看看我们家的苹果哦！”他们的孩子英文名字就叫“Apple”！

小苹对丈夫说：“我们去多伦多看看楠的苹果树，如何？”

丈夫说：“随便你啊，小苹果！你去哪，我去哪，你是我的苹果树！”

在多伦多那街头巷尾，高大如巨伞的苹果树下，小鸟依人的苹依着高大的老公，说：“看——我们家这棵大苹果树！”

夕阳如水的皇后西街，楠与小苹静坐在街边咖啡馆，看苹果树的梢头上，那一缕金灿灿的斜阳——那么静谧，那么安详……

小苹说：“知道吗？楠，当年我也有暗恋的人，还记得吗？体育课上，那个把足球踢在我脸上的人——他是我青苹果的暗恋——我每天下午两点的时候，也总是忍不住，从他的教室门前走过……”

“哦！怪不得见面，我就感觉你这老公像谁呢，原来是——像他！”

小苹说：“哪里是像他，他根本就是他……”

——楠的心结，谁的心结，总也栖息在多伦多的苹果树上……

八

淡淡风里，苹果树下，团团围坐的，是青苹果一样的青春时光。有一缕一缕的香，从树叶间氤氲而下，甜了树下坐着的人——

“Apple！”楠与“古巨基”同时叫起来，冲向他们的孩子，因为，那可爱的孩子，攀着身后的苹果树，往上爬——

趁着楠夫妇侍弄孩子，小苹的老公咬她的耳朵：“我什么时候，把足球踢在你脸上了？”

在风里，小苹把楠的欧美小说集还给她，那淡淡的、黄黄的、干枯的苹果花，顺着风，飘啊飘……

Apple一把抓住那发黄的书页，含混不清地用英语找认识的字来念——金子、歌声、苹果树……他小小的手指点着自己的鼻子——Apple（苹果）？Me（我）？

玉渊潭的樱花

玉渊潭的樱花开了，很美丽。紫嫣想起年轻的时候，有一场考试，在这附近，没有来，是因为，她明知道那是一场不属于她的考试。

紫嫣后来把考场定在了西安，以为那样是适合她的。其实呢，也不然。

那一年里，紫嫣没了父亲，初恋成为暗恋——暗无天日的恋，恋着紫嫣，恋着紫嫣虚脱的心灵，她的尘世里，春天没有眼睛。

误打误撞中，她把电话打进一个号码，接电话的人，介绍了她想听的专业情况——紫嫣想给自己一个事由。年轻的她盲目地想做点事情，在没有出口的情况下，开始跟着同学一起考试，她用一个号码，打探新闻学院的专业信息。

恰巧，“玉渊潭的樱花”在接听——紫嫣称他为“玉渊潭的樱花”，那么机警、那么美，那么一会儿就此消彼长的事情，春光下是多么正常，也多么令人称道——犹如樱花，他如此说，还说和紫嫣是老乡。

她说：“我是山东的，你是哪里？”

他说：“我是河南，河南、山东当然是老乡。”

紫嫣想，哪里跟哪里呀，两个省了。她揣着满肠子的前尘往事，令她懒得与他“计较”——老乡就老乡吧，我只愿意获取我的信息。

他说得详细，还讲了自己的事情，他鼓励紫嫣：“我就是中文系的，照样考全英文的采访专业。”

电话中，他说，他帮她邮寄资料，帮她报名好了。她犹豫着，留了地址，忍不住问：“你不是这里的学生吗？”

他不情愿地回答：“缘分，正巧来办事情。”

他邮寄给她往年的试卷，紫嫣邮寄给他介绍信、照片等报名资料。他为她报了名，按她的意见选择考场，又邮寄政治的复习资料。信、明信片上面粘着真正的草籽和樱花。

紫嫣回了一张明信片，只说：自己很笨，不能拥抱任何希望，云云。

樱花瓣的旁边，明信片上是流利的英文，还有扭成麻花似的英文缩写，卷曲着的字母刺痛紫嫣的眼睛，看着，心里明白那隐含的信息。

她看懂那扭来扭去的字母“暗语”。前一场暗无天日的恋，让她满眼晦涩地对着那用了心思的明信片，又鄙夷，又同情。同时，更加鄙夷和同情的，是自己的无奈与泥泞满怀。

去西安的时候，她又大病一场，紫嫣有点恶毒地对付自己。大雪天，雪花恰似樱花落，她愣是登上去西安的火车。时值年关，还是站票，百般蹂躏自己的灵魂和血肉，到了西安，她疼痛锥心，右脸肿得像是大面包，牙龈溃烂了，发炎了，睡在招待所一张便宜的电热毯上，紫嫣又开始高烧。高烧，轰轰烈烈地发高烧——她去考试，考到最后，她也不知道自己答的是什么。她就是要这么透彻地折磨自己，酣畅淋漓地和自己过不去，否则，活着就没有意义。

不知道从那场考试里，紫嫣到底透析出了什么，只是，当她返回山东的家时，身体不发烧了，牙龈不发炎了，脸也不肿胀了——她的病痊愈了。

此时，紫嫣终于知道，心口的伤，也痊愈了，如那肿的脸，烂的牙龈，高烧的灵魂——她知道，那场考试，她用它糟践自己，也用它治疗了自己。

那个电话，那半个老乡，那卡片，那扭转变形着的字母，那场考试挽救了她。

多年之后的春天，紫嫣可以畅意地嫣然一笑。一笑一嫣然的时候，她看樱花不去富士山，就去玉渊潭——

春风一回眸里，紫嫣嫣然一笑。有什么顺着春风的缝隙一闪，瞬过樱花的眼——是那年玉渊潭的那一场考试吧？给了他和自己尊严和端庄。那是一朵不属于彼此的樱花。

岁月深处，如星星，如淡雨，花苞里，一缕纯白纤净的感谢——春风吹又生，玉渊潭的樱花——那——么——美——

第二辑

挂满铃铛的春天

际遇，是一缕一缕香，是尘埃里飘浮的一朵一朵云霓；芬芳着行走，际遇一阵阵芳香。绯红的花瓣和雪白的花瓣如今都睡着了，我们的记忆永远醒着——在那百花深处——

一树桂花静静开

美妮的妈妈很穷，穷得家里只有她和女儿美妮。

我们认识美妮的时候，她就没有爸爸。美妮说，她的爸爸是解放军，扛枪带兵不回家。一群小朋友里面，没有谁的爸爸是解放军，大家多么羡慕美妮呀，因为她的爸爸是解放军，在我们的小人书里，解放军都是英雄啊！玩着玩着，我们把美妮也当成了小英雄。

后来，我上学了。美妮也上学了，我们都长大了。长大了，我们才知道，美妮家里是多么穷。她买不起本子，没有漂亮的花裙子，也没有好看的书和水彩笔。有一次我的弟弟给了她一块泡泡糖，她连嚼也没嚼就咽下去了，吓得弟弟赶紧往家跑："妈妈，妈妈，美妮要死了，她把泡泡糖咽到肚子里了。"紧跟在后面跑来的美妮听到了，"哇"地一下大哭起来。

读小学了，再没有谁羡慕美妮，也没有谁再羡慕她有一个解放军爸爸——因为，谁也没有见过她的解放军爸爸，她的解放军爸爸从来没有回来过。读初中的时候，我终于从大人们口里得知，美妮从来就没有过解放军爸爸，她还没有满月的时候，她的爸爸妈妈就离婚了，她爸爸不要美妮和她妈妈了，也从没回来看望过她们。

那一晚，我在日记里记下这个秘密，睡在床上，还独自为美妮掉下眼泪——想着她多么可怜，是一个没有爸爸的孩子，她自己却还不知道；又想着美妮的妈妈，一个多么可怜的人。美妮的妈妈本来就是临时工，后来又被单位裁掉了，只能去超市打扫卫生。她总是一副不讲究的样子，头发常常乱蓬蓬。夏天的时候，我们不愿意走近她，因为她的身上有一股垃圾的味道。

美妮却不一样，美妮说，她妈妈的身上有花的味道。我试探地问美妮："你真的闻到你妈妈身上有花香？"

美妮笑着点点头："我妈妈是桂花树，看不见的花最香，儿不嫌母丑，我当然知道我妈香！"她自豪地一仰脖，俨然小时候，她说她爸爸是解放军的神情!

有一天，我正午睡，迷迷糊糊地听到有人说话，原来是妈妈和美妮的妈妈在聊天。我听见美妮妈妈说："我有美妮，心里就幸福，美妮是我的宝贝，再穷我也不觉得苦……"她和妈妈说再见，我起床问妈妈："妈，她是不是又来借钱呀？"

妈妈说："是啊，顶不住了，说是美妮要参加演讲比赛，给她买一件衫……"

学习一向都是第一的我，这次演讲比赛却栽了——栽在美妮名下，她第一，我第二。美妮演讲的时候连评委老师都感动了。她讲的是她和妈妈的故事，讲妈妈如何倾其所有地爱她，讲她的解放军爸爸是妈妈心里编出的花，种在童年里，陪伴她长大。其实，她已知道自己没有那样一位解放军爸爸，只有一个一心一意爱着她的好妈妈："一树桂花静静开，我的妈妈就是一棵拼命生长的桂花树，万千层的密叶是她为我在操劳，浓荫里裹着一蕊一蕊金黄色的芬芳，那是我的穷妈妈对我的疼爱……"

美妮的演讲同样打动了我，我深深明白美妮是在用“心”演讲，而我们更多的参赛选手只是用嘴巴演讲。这场演讲潜伏在我内心深处，久久不忘。

如今的美妮，她幸福依然——她是她妈妈心上开着的金桂花呢！

送你一轮红太阳

小的时候，我家住的排房附近，有一个叫小米的小女孩。

小米家的房子有些特别——是很特别——她和爸爸妈妈，还有一个弟弟，住在一辆大篷车里。

小米的爸爸妈妈靠捡破烂维持一家人的生活。

那辆大篷车，是爸爸妈妈的工作车，捡来的破烂放在上面，拉来拉去，变卖成钱；那辆大篷车，是他们流动的家，白天的吃喝，晚上的睡眠，全在那车上；夏天的阴凉，冬日的温暖，也全在那辆车里。

我很喜欢那辆车，因为我看见，那辆车堆满“垃圾”，却很干净，而且，大篷上，还飘着一轮红太阳。

忍不住，我带着我的弟弟，总是想靠近它，探寻里面的故事，聆听小米和她弟弟的谈话。

我听到，小米的声音：“小弟，你真的把太阳挂在我们的家门口了吗？”

小男孩细细的声音：“真的，姐姐，不信我让你摸一摸吧。”

我看到，小米的小弟牵着她的手钻出大篷车，小米的眼睛大大的，长睫毛一晃一晃的。

我不禁拉着弟弟，也走过去，赞叹：“好大的太阳啊！”

“是谁？”小米警觉地缩着身体。“是住在这里的小姐姐和小弟弟，他们总来看我们的家。”小米的弟弟说。

我奇怪地看着小米的大眼睛，不敢吱声。太阳一看就看到了，干吗要用手摸太阳呢？我纳闷地想。

看着小米一点一点地抚摸那轮大大的太阳。我的弟弟终于忍不住，脆生生地问：“太阳是红艳艳的，你看不见吗？为什么还要摸一摸？”

小米一下子哭起来，她的小弟弟像一头发怒的小猪一样冲我们“呼噜”吼着扑过来：“不许说我姐姐看不见！姐姐马上就会好，爸爸妈妈已经存了好多钱——”

我吓坏了，带着弟弟赶紧走，小跑着躲开小怪兽一样的小男孩。好久再不敢靠近他们的“家”。

直到有一天放学回家，看到妈妈在翻箱倒柜，弟弟也在扒捡东西。“妈，你和弟弟在干什么，我都饿了，做饭吧？”原来妈妈在找我和弟弟穿过的旧衣服，包了一大包，说：“你和弟弟抬着送给他们吧，我去煮馄饨给你们吃。”

我和弟弟趔趄着，抬着小山包一样的衣服，小米的爸妈，正在支锅烧柴做饭，小米又是让她的小弟弟牵着手，一下一下地摸那轮红太阳。我看见，红红的太阳，摸得成了紫红色。看到一堆衣服，小米的爸妈，谢了又谢，还硬塞给我们一把把墨紫色的桑葚：“叔叔在后山刚摘的，甜得很！”

于是，我和弟弟，还有小米和她的弟弟，4个孩子围在一起，吃着桑葚，摸那轮红红的太阳，小米和她的弟弟不再生我们的气了。夕阳西下，我和弟弟拿出珍爱的彩笔，和小米的弟弟一起，画一轮一轮的红太阳，送给小米，小米把一沓红太阳抱在胸前，一脸认真：“我这里也有日出。”她点着自己的胸口：“我一定画更好看的太阳送给你们！”大家一起笑着，谈论太阳，谈论小米的眼睛马上就会好了，因为，他们的爸爸妈妈已经攒了一大把的钱，我和弟弟亲眼看见的，20捆1角，10捆2角，6捆5角……还有3捆5元，1捆10元！那是我们见过的最多的钱！

“像海水一样多。”弟弟看过大海，他这样说。于是，我们坚信，小米的眼睛一定能治好的：“这么多钱啊，比太阳光都多哩！”

小米也快乐地笑，大大的眼睛，眯成两只弯弯的小船。

不久以后，我们再看不到小米和她家的大篷车了，因为那天小米的爸妈说了：“等两天就到省城给小米治眼睛去，一定让她看见六一儿童节的红太阳！”我想，他们一家人一定是带着那轮明亮的太阳去省城了。

儿童节又到了，去幼儿园采访，看到满园花朵一般的孩子在画天上的、心里的太阳。想起小米，她画了哪一个太阳，天上的这轮，也是她画的吗？

热腾腾的腊八粥

网页上，网友为我端上一碗冒着热气的腊八粥，我恍然：腊八又至。鼻息里立刻盈溢了八宝粥的喷香。

记忆中，外祖母煮的腊八粥最香甜，但总是慢腾腾的。童年的时光像一只东蹿西跳的小猫咪，急急的，长着一张馋嘴巴，吮不尽外祖母的宠。各家各户开始拉风箱做饭的时候，孩子们荡漾在眼神里的唾液也被外祖母放在大铁锅中悠悠地煮炖，一遍一遍地催问："姥姥，八宝粥好了没啊？"

问一遍，问两遍，外祖母的粥总是那么香、那么慢，童年的心又总是那么急、那么切，一勺甜蜜，一勺暖意。外祖母慢腾腾地盛了两勺腊八粥，我的童年就这么化成甜蜜，融进一缕缕冒着热气的思念里。童年的腊八粥是一个最真实的童话。

妈妈煮的腊八粥最可口，但总是急匆匆的。少年的岁月似一串会唱歌的凤仙花，快乐和灿烂，都迎着风，爽爽的，有一只贪婪的胃袋，装不完妈妈的爱。大街小巷的烟囱里飘扬着腊八粥的传说，小小少年，用刚拾来的人间烟尘制作了一只碗，装妈妈的亲，也盛妈妈的累。不知妈妈的粥里煮进了多少爱的汗水，却明白那一碗一碗，急急装满，切切盛就的香甜，是少年时耐人寻味的幸福。少年的腊八粥是一则最深邃的寓言。

成家后的腊八粥，由我自己来煮，我把外祖母的香甜，妈妈的可口，全都煮进米里，浸进水里；我也把外祖母的慢和妈妈的急，也放在锅里熬；还别出心裁炖进一缕阳光，一首音乐，一阕词，几点星子，几瓣梅香……邀请亲人朋友们来品食，老人品到孝心，儿女吃到爱心，兄弟尝得同心，姊妹喝得贴心，友人饮进诚心，爱人餐进真心……

欢声笑语的时光里，腊八粥是我想奉献给爱我的和我爱的人们的一碗和和美美的祝福，我想说，生活的碗里，腊八粥是一篇很优美的生命散文，每个人有一份。

冬日里，阳光下，风雪中，腊八粥的芬芳穿街走巷而过。人间的和谐，日子的美满，热腾腾地盛了满碗，端了满桌。捧着这份暖融融的甜蜜蜜，谁的心里还能不感到温馨？

际遇的芳香

草灿烂同志是我的同学、好友，她办报纸，我自然得捧场，就像当年在学校，她逗哏，我就得配合做捧哏。

如今，她办报，我就订报，发动亲戚朋友，同事学生，都来订。结果，也就我们学生订了几十份。她说："你办的好事，就那几份，还不够我搭邮费的，自己去取，哈！"电话这头，我还不敢说"不"呢，她就把电话给挂了。

结果，哈，她居然给我发了一个离市区最远的物流。

拎着一沓报纸去等公交车，我精细的眼，居然发现，此地好美丽！

我看到了一地油菜花，一树盛开得如火如荼的桃花，一地落英缤纷的梧桐花，还有一浪高过一浪的浅浅麦苗。那个美，香了吾眼，香了吾心。我晕晕乎乎地，就把报纸放到公交车上了，那么老远的路程，我吃了迷魂药一般，一转眼，就到市中心了；那么一大歇一大歇的徒步走，徒手拿，多累呀！对于平时手无缚鸡之力的我来说，天大的不容易。我居然，也灌了迷魂汤一样，睁眼，就到校园里了。

到底，是相知多年的草灿烂，她还很有良心地打来怜悯的电话，说："给你换个近的或者就给你递到吧。"

我急应："不必，不必，区区几份小报，不必麻烦！"

她诡异地笑，"呵呵呵"地传来，不会是遇到什么好处了吧？

我这端电话里，也“呵呵呵”地一通笑，她大喝：“如实招来！”

我于是招来，遇到，这香，那香，那香，这香，还有麦芽糖的滋味——啊，麦芽糖的滋味，还有卖糖的不成？我兴奋到支吾，麦田一吹，麦苗一晃，芽和糖就钻心的香，香啊！

我仿佛听到，草灿烂在电线里咽口水了。她也是大浪漫一个，为了不让她再赔几万元，我今年下死力帮她，拉下脸皮替她张罗，怎么也不能再让她破费邮递费用了。

从此，替草灿烂征订，我如同花木兰，一个月四期报，我就跑四趟郊区。

第一次，我际遇了漫天的灰尘，也际遇了花草的香，春天的感觉浓浓地荡漾在心上。我想：“不是草灿烂给我支到这来，我怎么可能认识这一大片田和漫天的香呢，始知郊野之外未始无春也，原来春色如此灿烂，如同我对草灿烂的热心相助一般，夺目得目不暇接。”

第二次，我际遇了初中时候的一个同学，十几年没联络。她居然和我肩挨肩，坐在公交车上，侧目，侧目，再侧目，她试探，叫一下，小声地叫我名字，然后，扭转头去；我不答应，也扭转头去，自语道，鲁迅家的长妈妈说了，美女蛇叫两声，才可以答应。我正襟端坐，眼睛快要斜到眼眶外边去了。

她哈哈大笑：“秦小若，我是郑丽梅。”

于是，我们缠在一起，成为两条不美的女蛇。话匣子像汽车一样向前冲，郑丽梅同学到站了也不下车，陪我拎报纸去。我于是乐，这次可是携了美人归，美人还替我拎着报纸，真正梅香盈盈，郑丽梅不就是一枝梅吗，香了我的如今，香了我的回忆。

第三次，我际遇了一个卖菠萝块的小姑娘，她的两只眼睛香香甜甜的，伸向我，如同两缕芬芳，禁不住地，走上前去，来一块。给，一元。

她却说，甜甜的声音也带着香："不收你钱，我认识你。"

我奇怪地看着她，心想，这傻丫头片子，哪里可能认得我，我在这里，没认识的人哩。

她笑了，香香甜甜地对我说："你教过俺姨妈哩。"

我笑得差点惊天！怎么可能？

她就说："真的哩，你当年可是在邓李农中实习？你是叫，叫秦小若，是不是？你很会写作文，是不是？我姨妈昨天还给我念你的文章哩。你是不是说，要做一枚愉快的草莓？"

我惊呆。好想说，你是鬼呢，还是天使？

"刚才我听到你接电话说，喂，你好，我是秦小若……我姨妈还从网上下载你的照片给我看……"小姑娘滔滔不绝起来，我的耳里、眼里、心里，飘满了香。

第四次，第五次，第六次……还会有怎样的际遇，等着我，在不远的，不远的前方，在不远的，不远的地方。际遇是一场美好的邂逅，是一段怡悦的相逢，是惊奇的喜，是诧异的乐，是一缕一缕香，是尘埃里飘浮的一朵一朵云霓。

用心呵护，真诚相待，快乐地守候，守候一份快乐，幸福地张望，张望每一份幸福，芬芳着行走，际遇一阵阵芳香。

天堂岁月

前一日，见一老同学，谈及近况，她以过来人的口吻说：“你在过一段天堂岁月啊。”

我惑然：“日日夜夜带孩子，要累死啦。”

她说：“不对，没风没雨，也不用问风和雨，真的，这是人生的又一段天堂岁月，你不要错失感觉。”

于是我开始打量我的天堂岁月：天不亮即起，洗洗涮涮买早餐，小儿醒来，穿穿戴戴，把把尿尿，拉拉臭臭，喂喂咪咪，包包裹裹，慌慌张张，辗辗转转，终于把小儿送到外祖母家，气喘吁吁上班去，立定脚跟居然发现：“只剩半秒就要迟到啦！”心中叹一声：“好险！”于是，平静的一天开始了。随后的匆忙中，很快，平静的一天也平静地结束了。

日抱夜哄，嗯嗯呀呀，放下扫把，拿起勺，挂起尿布，抓奶瓶……腰酸背痛脑袋大。这个时候，只听摇篮里一声无意识的：“妈——妈——妈——”立刻叫得我心花怒放、眼发光，三步并作两步跑上前：“噢噢噢！哎哎哎！”心里是灌满了蜜啊，往外流！他的爸爸出公差，在以往，向来是铁将军把门，我的脚底就抹油了，妈妈家、女友处，任我游来，任我住，吃不愁，喝不忧，一切只管伸伸手，张张口。可如今，则要自觉地带着小儿独宿独住，独来独往。抱着小儿，要吃没有吃，要喝自己弄，太阳西去睡觉了，小儿总算也睡着，我饿得前胸已经贴到后背，赶紧赶紧，倒腾点吃的喝的吧，这边油窝刚刚一“刺啦”，那边小儿“哇——”地就醒了，尿水水啦，拉臭臭啦！哇呀呀，火停了，锅端下！总算收拾干净，不敢炒菜了，下包方便面吧。小儿刚会扶着走，看他围着茶几旋转，雅兴正浓，于是乘机钻进厨房，火速把面放进锅里，正要下筷子焯两下，听得嫩嫩的童音在“咦？！”一扭头，发现小儿小精灵一般冲我一探头，他已经扶墙挪到厨房门口了。儿子很惊喜，为着自己能找到妈妈；妈妈也很惊喜，十个月的孩子出现在门口探首的一刹那，我幸福得一塌糊涂：家里是两个人！——孩子来看我了！

周末，再见不到我抱着电脑熬到夜深沉；周六，也见不到我睡觉睡到太阳照高楼；周日阳光下，也见不到我左转右转，百无聊赖徜徉在大街和商场，千呼万唤搜寻一件新衣裳；书柜荡满灰尘。

做编辑的同学叹息：“自从有了孩子，就很少见到你的稿子。”

以前总在一起闹到天黑天又亮的“狐朋狗友”们抱怨：“自从有了孩子，就很少见到你的影子。”

连门卫的老大爷也有新发现：“这一段没有收到过你的稿费单啊！”

……

日子是新的，有过的心结都打开了，打不开的这会儿也不重要了，生命是清澈的，人生很简单，心情淡定从容，身体里还有一双眼睛，看着儿女，是安详的。

晚上，在小儿轻轻的鼾声里，精疲力竭的我，猛然间清晰地听到了我梦想过的神话和传说。我不得不承认，这是生命里又一段天堂岁月，因为孩子是天使，让我完成天之使命，我爱，我陶醉！

这段日子丰富我的人生，正如这段人生照亮我的生命，我当然不能把它当成人生的全部，更不可能把它当成是我全部的人生，可人生里没有这样的日子，我的生命黯然失色。

这样的天堂岁月给我一颗素心，让我活得快乐天真。

公婆的数字情

春日里，百花开，先生带领小儿把家还。

儿子一蹦三尺高，为着回家看奶奶。

第一次回老家，儿子回来就跟幼儿园的老师说，我奶奶八十多岁了，奶奶手上可多筋，脸上可多双眼皮……那时儿子三岁多，上小班。

回来的时候，我见先生下车的时候挂了一身的包，数了数，六个。禁不住唠叨：“咋这么多的包？多麻烦。”

先生说：“本来是四个包，奶奶说，不好。就又装了一袋子花生，临到上车，奶奶，又塞上一个包。”先生笑着讲述，打开来，我数了数，是六个柴鸡蛋。

我疑问：“怎么说好昨天回来的，却今天才回来？”

“也是奶奶强留的，要我们住六天的嘛。”先生眨着眼睛。

小儿在一旁跳来跳去，一二三四五六，六六大顺！

婆婆八十二岁，公公八十五岁，二老高寿，至今独立生活，他们自己做饭自己吃，不麻烦孩子们，她的话：“自己过习惯了！想吃啥就做啥，想啥时候吃就啥时候吃。”

他们身体健康是儿女们的福气，做媳妇的我，曾自私地和先生说：“这样真好，咱也少亏欠哥哥嫂嫂们！”

先生家里“四大金刚”，弟兄四个，上面已有五个孙子。等我们要孩子的时候，公婆说：“生男生女都好。”

不知道她是不是安慰我，也许是安慰她自己。她总这么念叨，是否在给自己定定心。等孩子生出来，给她报告消息，家里大哥说，妈妈坐在床上，坐了半晌，说一遍，又说一遍，六个孙子，小名就叫六六，六六……咱娘不知说了多少遍。

公婆年老，又晕车，不能前来，寄来一个大包裹。我们看到，三件棉衣，三双棉鞋，三个婴儿被，呵呵，我和先生笑，三六九！

亲爱的公婆呀，我笑数，结婚时她给我们缝九条花团锦簇的棉被，里面装满枣、花生和桂圆，只九条花被就把我们的小窝撑得饱饱的。那喜气洋洋的大红大绿，让每一个来贺喜的人眼花缭乱，大家不禁眼花缭乱着贺：“九是幸福！”婆婆听到一脸菊花开，开，开！

每次先生回家，她备的行囊里，总是六啊、九啊的数目，每每如此。我明晰地知道，这是一颗讲究好兆头，喜欢图吉祥的老人心！她基本没有给过我们八呀发的，也许久经风霜，历数岁月的八旬老人，她的心上，只为顺利平安！平安是福，余下的都是身外物。她这么说，也就这么希求。她的心上，平安就是富，顺利最为贵。

于是，她需要五百元，我一定嘱咐先生邮寄六百元；需要七百元，就要求先生寄回九百元，我也变得跟她一样“讲究”起来。先生说：“娘可高兴了，说你懂她的心！”

儿子一蹦三尺高，喜欢回家看奶奶和爷爷，他是奶奶最宠的小孙子，他是爷爷最爱的小六六。

儿子总是说："爷爷八十多岁了，还抱我！"

先生复述那一幕，早上上车的时候，八十五岁的爷爷，说："俺六六要回了，我抱抱俺六六！"奶奶说："你还能抱得动不？"

爷爷，哼哈，就抱起来！

"我还亲亲爷爷！"儿子说着，掏出一堆草，"你拿的那是什么？"

"草莓！爷爷给我的草莓树！"

我刚要数一数，笑了："六棵吧，九棵？"

"九棵！"父子俩齐声答。

九棵草莓笑眯眯地长在我家小院里，一个月余，真的结出一粒粒青青的果，还真的都变得红通通，放在口里，甜蜜蜜。蜜蜜甜的，是奶奶的一颗心，和儿子女儿、孙子孙女们的颗颗心。

红红的草莓，是婆婆对大家小家里每个人六六顺利和九九平安的期望之情，期待之意啊！亲爱的公婆，她可爱的数字里，充满了亲，蓄满了爱。

母亲的花儿

五月花，开得正艳，像是妈妈的爱，像是妈妈心上的儿女。

一天在学校厕所里，我无意中听到一位在附近当清洁工的女学生的母亲对同伴说：“他爸没了，闺女也不知道体谅我。一个月才挣300元钱，她今儿要交这费明儿要交那费，要买这买那，天天还得要四块钱的零花钱，我自己五毛钱都过一天了……她都不知道她妈咋活着哩，还总是惹事，我都快疯啦！”这个拉垃圾的，衣服脏兮兮的母亲一口一声说女儿的名字，我早听出来是班里被大家称作“霸王花”的那个女孩子。

记得一次，这可怜的母亲还找我证实“是不是交杂志费12元”，其实是没有的事。她的处境，她的话语让我心酸不已，一种“可怜天下父母心”的疼痛充满我心胸。看着花坛里绽放的花，美好得就同那母亲的心。想想她那花钱如流水，昨天还在与人打架的女儿，我的心疼了，眼也疼了。看着阳光下的花，轻轻抖动，如母亲的心在颤抖，淡淡的，却很惨烈的，如同这一份母爱……为着如此艰难困苦的母亲吧，为师不该放弃任何一个“无可救药”的学生，愧疚的虫子咬啮着我的心肠，可刚才，我还想着：再有月余，就毕业考试了，索性对班里这枝“花”，睁只眼闭只眼吧。

哪个女儿不是妈妈心头的花，妈妈任劳任怨疼着女儿，女儿可知晓妈妈的心有多疼吗？知道妈妈为了她的绽放，她的灿烂，为了她的亭亭玉立，她的浓浓芬芳，付出了怎样了不起的汗水和心血吗？女儿可曾想过自己的所作所为，是否对得起母亲红尘里的沧桑和悲哀？母爱如花，给予女儿一世的光艳，女儿可曾用懂事的心，回报母亲一缕霞色吗？母爱如花啊，母亲心上的花——我幼稚的女学生，还有天底下的未经年、不晓事的儿女们，用你的鲜妍和馨香抚慰母亲枯萎在人世间的泪花吧，不要再让妈妈失望，不要再叫妈妈心伤。

再上课的时候，我提问那个额发染成橘色的母亲的“花”，她说：“老师我不会！”然后开始冲着同学们笑，笑成满脸全是大白牙。我启发着，她答非所问，一边还在“呵呵呵”笑着。无奈，我示意她，坐下吧。可是她母亲愁苦的声音在我耳边浓墨似的弥漫开来。都写练习题了，她依然在嘻嘻哈哈逗着抢同桌手里的本子。我走过去轻声对她说：“你一直在玩是吧，知道妈妈正在太阳下拉车吗？”她低下头去，一会儿又仰起脸来笑了。我的心疼起来，我感到那颗拉着一车垃圾的母亲的心，也在疼，在阳光底下，火辣辣地疼。

爱如鲜花，芳香美丽满天涯。孩子，不要等到它散落在地上，你才褴褛地捡拾父母这份如花的心意。

快乐的日子慢慢地来

变脸是运用在川剧艺术中塑造人物的一种特技，是揭示剧中人物内心思想感情的一种浪漫主义手法。我的"2006"也是不停地"变脸"，却不是什么艺术，更不浪漫。

晨钟撞醒春的黎明，我期待一个温润明媚的春天。

春天来了，先生牵着蹒跚走路的小儿，说："我主意已定，你不要再劝了。"他看着我的脸，却丝毫不看我的脸色。

我以离职——妻子和母亲的职——相要挟，他不忍，总算答应："那好，我不去了。但我会郁郁而终。"

而终于"不忍"的，还是我："那好，你去吧，总不能让你'郁郁而终'。"生怕我反悔似的，他一上午办妥了所有的手续。抛了台长的位置，在单位很"震"！

就这样，在春天里，先生告别我们母子，去投身他的"事业"。

倒春寒的时候，小儿感冒烧成肺炎，年迈的外祖母自顾自都勉强。于是，天天就我一个人抱着儿子去打点滴，扎针的护士长，望着人家一个孩子身后跟着四个大人的，直喊："怎么给你扎上针？"

我咬着牙，手脚并用，摁牢了儿子的小胳膊小腿，说："扎吧！"冷风打窗缝往我颈后挤。寂寂的儿科走廊里，我总是抱着儿子数点滴，数到所有的小病号都回家了，才恨恨地对自己说："明天一定请假，不能总是上完课后才带孩子来打针，毕竟，儿子也和学生一样是祖国的花朵！"

小儿痊愈了，春天也匆匆过去了。

孤单相依中，我和儿子好不容易迎来了暑假。假期于我是轻松的，于儿子更是快乐的，他可以有足够的时间独享妈妈的关爱。更让我们娘儿俩想不到的惬意是，先生电话通知我们，单位派他去西安开会，十天左右，他愿意带着我们，但费用自理。我和儿子顿时乐翻了天。

奶瓶、水壶、小推车，一样不落地准备着。准备着是快乐的，没有补到硬卧坐软卧，银子不足惜，这更是快乐的。在炎炎太阳下看秦俑，观无字碑，去法门寺，游华清池，逛芙蓉园，夜色里赏看音乐喷泉、静观水幕电影，以及讨价还价给小儿买唐装，等等。无疑，都是脚步纷繁，却也都是乐不可支的。"这小家伙能吃能睡又能玩，比他妈妈吃得多多啦！"在返回的列车上，同行的叔叔阿姨笑评小儿。

快乐的夏天在西安的归程中快乐地收进相片和录像。

秋季里开学，秋高气爽，学校如期给每位教师配发了笔记本电脑，又发了教师节福利。我把它们一一领回家，但又一点儿不留，让它们落入黑囊，因为有比我更需要它们的人——他们是"砖头虫"，把手在黑夜里伸进我的墙，我的家，一一取走。秋天的雨冰冷又冰凉。我说："我坐飞机，飞机都掉下来！"有个同学找了辆闷罐车，帮我把家用细软搬至妈妈家。从此，当刑警的同学再到我家来吃饭，就总给他蒸米饭，告诉他，啥时笔记本电脑找回来，啥时给他包饺子。

这么一折腾，秋天也就结束了。

冬天飘来第一朵雪花，是去年参评的一个荣誉证书不约而来。我很意外也备感欣慰。此时是大家庭里两个儿女的生日，生日快乐，快乐又接踵而来了。因为后面紧跟的是一群快乐：圣诞快乐，元旦快乐，随后是母亲的七十岁大寿，更是快乐，再接着是春节快乐，新的一年又在快乐中走来了。

相传“变脸”是古代人类面对凶猛的野兽，为了生存把自己的脸部用不同的方式勾画出不同形态，以吓唬入侵的野兽。旧的一年在变脸中远走高飞，飞进了忘忧谷；新的一年，我好想把这变脸的技术引进命运的生物场，吓走人世的魑魅魍魉，点开人间的滚滚春风，春风荡漾处，该是鸟语花香。

快乐的日子慢慢地来。

美乔妈妈

蓝天里有一辆大风车，上面开满了鲜花。

那么多的花，多得数不过来；那么艳的花，仿佛闻到所有春天里的香；那么大的大风车，是我从没有见到过的大，大得让小城里的人们，都要把两颗眼睛珠子瞪出来了。

——那是美乔的妈妈，专门为美乔一个人做的。

美乔在三岁的时候，患过一次病毒性感冒，高烧一星期不减。

后来到市里的医院，才治住了烧。

七岁上小学的时候，美乔数100以内的数，还数不利落。

有人说，美乔是那年高烧烧坏了保险丝吧。

什么是保险丝呢？

大人们并不告诉我。但是与美乔同班的我，愈来愈知道美乔有多笨——她记不得上星期学的字，也记不得昨天学的字，连当天老师才领读过的课文，她也念不下两行，更别提数学里那一堆小蝌蚪、小蚯蚓一般的阿拉伯数字了，它们组成阵营，美乔说："看见它们就晕，就想呕吐。"

考试的成绩，美乔很少有两位数的分数。

老师不好意思评价，让我和丽玲跟她的妈妈说："美乔学习不太好。"

美乔的妈妈一愣，问："谁说的？"

我们吓得跑了，跑了老远回头看，美乔的妈妈捉着衣襟擦眼睛。

终于上到三年级的时候，美乔不再上学了，她和妈妈一起做纸花卖，美乔做的纸花像是真的一样，她送过一朵粉粉的花给我，居然蝴蝶都追到我的手上来了。

一开始也有人问："美乔怎么也不上学了？"

她的妈妈答："美乔上学遭罪得很。"

后来从丽玲的口里，我听到，班里每一个孩子都跟美乔的妈妈说过"美乔学习不太好"的话。丽玲说，她后来又和青霞一起去跟美乔妈妈说过一样的话。

我记得爸爸给我读过一个故事，说古代有个人很是老实良善，有一个人告诉她的妈妈说："你的孩子杀了人"，他的妈妈没相信，两个人来说，那个妈妈也没有信，三个人，四个人……一百个人都来这么说，这个人的妈妈终于不再坐着纺纱线了，她要站起来，走出去，心焦地四下里寻找他的孩子，她要问他："你是不是真的杀了人？"

这个故事总在我的脑里乱晃悠，晃得我心上有一种说不出的味道，麻麻的，辣辣的，涩涩的，黑压压的，沉得我出气都重重的。

我跟爸爸说："为什么老师要同学们这么和美乔妈妈说话？"

爸爸摇摇头："美乔确实学不会，她也真的会难受。"

蒙眬睡着的时候，我听到妈妈的话："下午见到美乔妈妈了，她想把咱家毛毛的书借去给美乔看。"

爸爸说："那就找齐了拿给她吧，怪不容易的。"

妈妈叹气："西兰狠劲哭呢，说是老师嫌美乔拉班级分，评不上先进班，当不上优秀工作者……"

西兰是美乔的妈妈，我知道的，我支棱起耳朵想再听妈妈说什么，妈妈叹了气，不说话了。

寂静的夜里，连着几天又几天，我听到远处的空气里有咣咣当当的声音，我醒了，又睡去，天亮了。

一天，有人打着门说："快去帮帮忙吧，美乔妈妈给美乔做了一架三层楼高的风车，正在门口路上放着，让人帮她拖到十字路口广场上去。"

上学的时候，我路过十字路口广场，看到那么奇怪的景观——硕大无比的风车，上面挂满了五颜六色的花朵，铺天盖地的花儿，阳光下流光溢彩，美轮美奂得晃眼！一串串，一朵朵。那是我从来没有看到过的鲜艳，从来没有见到过这么多的花儿朵儿，接到了天上，挨着白云彩，蓝天显得那么矮。天幕上，分不清花在风里，还是在天边。

眯缝起眼，我还是分不清大风车是在蓝天里，还是蓝天里有一辆大风车，只知道周围有分不清的看稀罕的人，在分不清地分辨着，蓝天里到底有多少朵花儿，花儿到底怎么开到天上去的……

我快快地上学去，不知道美乔家要做什么。

后来，我见到美乔又回班里上课了。美乔还是老样子，老师却再也没有说过什么，就这样，美乔一直在个位数的成绩单上，漂过了她的小学时光。

至于那巨大的风车，后来风光得很，被县里的记者拍了照片，入选了哪里的吉尼斯——有史以来最大的风车，美乔的纸花编扎艺术还上了电视，上了电视的美乔，还有谁能把她挡在校门外？况且，我们的老师，还因为此事上了报纸——培养了一个民间传统艺术的传人。

如今，美乔开着纸花店，塑料花坊，还发展了鲜花的插花艺术，她灵巧的手，如春风，如有神，一拈花儿含露带笑，一掐叶儿成云霞。

说起当年，她说，妈妈为了自己能上学，无奈出奇想——她带着美乔，带着全家人，连夜赶工要弄出个稀罕物，因为老师说："你这当妈妈的，要是能让美乔制造个全县第一，无论什么第一都行，咋的学校都得把她留下来，哪怕她的小脑瓜是石头的，学校的老师们也一起想办法让她开出花来。"老师笑眯眯地说的，很无奈很期待的样子。

大字不识的妈妈，当了真，想得脑袋瓜子痛，想出一个得"第一"的门子——她就是要让美乔的石头脑袋开花，让美乔的一辈子都开着花！她大声地跟全家宣布。

那硕大的风车，那冲天的花，原本是妈妈，想让她的笨女儿和别人一样的，一份不一样的付出。

"妈妈不会做别的，妈妈就会教你做花，花做好了，命也开出花来了。"美乔记下了这话。

多年后，我再见到当年的老师："真没想到美乔妈妈那样给我'将军'——美乔那孩子学习确实是不济的。"老师依然说，"不过，有了那样一个敢把风车做到天上的妈妈，她的命运还有什么不能调剂的？所有的不可能，也都会可能的。"

雪霜茂，兰花香

“正月玫瑰二月兰”，二月里来，兰花儿开。

兰之猗猗，扬扬其香。
众香拱之，幽幽其芳。

采而佩之，奕奕清芳。
雪霜茂茂，蕾蕾于冬。
君子之守，子孙之昌。

年年二月二，采兰、佩兰、洗沐兰花泉水——在我的故乡有这样的习俗和讲究。

奶奶是村里的接生婆，她为别人家的媳妇接生，也为她的媳妇——我的妈妈接生，所以，我是奶奶接生到这个世界上来的。

奶奶当时正在拉风箱烧火做晚饭，想是她没顾上洗手就接我来了，她手上的灰沾在我的小脸上，我的皮肤黑黢黢的；想是我傍晚来的，那苍灰色的颜色抹在了我的身体上，妈妈第一眼看到通身黝黑的我，不禁哭泣起来。

小黑妮——是全家人对我一致的评议和称呼。

爸爸并不黑，妈妈很白净，看着小黑炭似的，小小的我，他们直叹气。

奶奶什么也不说，她跪地叩首，请求天兵天将、玉皇大帝、王母娘娘、七仙女、美嫦娥、兰花仙子……能让她的孙女生长得美好如兰，艳丽如花。想是奶奶的祷告如同唱歌，襁褓里的我竟然听得咯咯地笑——这是在我长大后，奶奶讲给我听的。

我的笑声让妈妈更心痛，她流着眼泪跟父亲说："这么机灵的小丫头，长大了也一定会是个敏感的孩子，不知道该多伤心自己是个黑妞呢！"

兰花开的时候，妈妈就开始上山采兰，按照当地的习俗，二月二太阳未升起之前，采兰下山，佩在身上，会有如兰的美德和美貌。不管是不是真的如此，妈妈都决意要试一试。

夜幕降临，妈妈就挎着木桶进山，寻最高远、最人迹罕至的兰花泉去，村后有一座兰花山，山上兰草遍野，兰花满天，泉水很多，兰花环环围罩着的泉源，在山顶上的一座古寺里。每年二月二这天，淘兰花水的少妇少女极多，要想取得头水不是容易的事。

妈妈在寺院的门前守了一夜，在鸡叫头遍的时候，寺院开门，妈妈随众人一起往里奔跑，有抢烧头香的，有争淘兰花泉头水的，妈妈总是奋勇当先，采摘带露的兰花，舀取泉中兰花水。

我不知道妈妈是怎样的英勇，因为奶奶说，邻居的小英是个跛儿，她的妈妈也是年年争候着烧头香，为的是借头香的灵验与吉祥能为小英祈福，让她的腿好起来，可是，她的妈妈总是失望地说，去得如何早，排在前面，只在开寺门的时候，没能奔跑在最先，以至总是与头香失之交臂，有一年，小英甚至跟她妈妈一同，贴着我妈妈的脚步跑，也遗憾地只烧了第二道香祈福。

连续六年，妈妈冲在最前面，取得二月二兰花泉的头水，回来给我洗脸沐浴，摘来带露水的兰花花，给我佩戴，不知道是女大十八变，还是真的是兰花水的功效，我想更多的是妈妈的心意感动了天仙与花神吧——在我入小学的时候，坐在教室里，没有谁看得出，我曾经是一个黑炭一般的女婴。妈妈很释然，但她依然习惯在年年二月二排队上山挑一担兰花水给家人洗脸，采兰花给我们佩戴。她说，洗一洗，脸会漂亮；戴一戴，心会清明，日子会更吉祥。

直到我的两位哥哥带回城里的新嫂子进门，妈妈还让我陪她上山采兰花，挑兰花水给嫂子们洗佩。这时的我读中学了；此时，妈妈已鬓发苍苍，挑水的身姿不再矫健，但妈妈的笑容如兰美好，她的心，清如水，从未改变。

嫂子们似乎也很虔诚，尤其是听家里人讲了我的故事，她们笑了。母爱是一缕兰花香，洗一洗，戴一截，会跟三妹一样如兰秀美。我害羞地捂起脸庞，指缝里看到，嫂子们在哗啦啦的兰花水里，洗手，洗脸，洗心窝——她们说，洗一洗，千里万里脚印里都是兰花香；戴一戴，梦里梦外，都能德如兰，心如兰。哥哥们却说，妈妈这是把勤劳与如兰一样芬芳的家风传授给媳妇们了！

岁月深处，年年兰花开，多年后远离家乡求学和工作的我，跟哥哥嫂嫂们天各一方。父亲和母亲经常跟着我们这里住那里住，无论哪里，白发的母亲和白发的父亲，总是以他们浩荡的慈爱，给我们兄妹清清幽兰的担当与滋养，春风的爱，春水的甜，兰花奕奕的清芳是一家人沐浴和依偎的暖与美好。

年年二月二，兰花开满天，一缕一缕兰花香，牵着我的思念和梦幻，走回到童年。童年的春山里，妈妈教我们清清地唱：

兰之猗猗，扬扬其香。

众香拱之，幽幽其芳。

不采而佩，于兰何伤。

以日以年，我行四方。

文王梦熊，渭水泱泱。

采而佩之，奕奕清芳。

雪霜茂茂，蕾蕾于冬。

君子之守，子孙之昌。

雪霜茂茂，蕾蕾于冬。

君子之守，子孙之昌。

兰之猗猗，扬扬其香。

众香拱之，幽幽其芳。

不采而佩，于兰何伤。

以日以年，我行四方。

文王梦熊，渭水泱泱。

采而佩之，奕奕清芳。

雪霜茂茂，蕾蕾于冬。

君子之守，子孙之昌。

雪霜茂茂，蕾蕾于冬。

君子之守，子孙之昌。

……

一路踏歌行来，足畔一朵一朵兰花开……

青青一束艾叶

“端午节，这是一个少了爱就不够味的节日，您缺少爱吗？请到数学组寻找爱吧，那里有多情的男人们镰割的、剪裁的适合您的爱，早来早得，多来多得——漫山遍野的爱等您来，等您来……”

——这是晚饭后，在操场上散步的同事们收到的一条信息，来自单位的校信通。

有人走着看着就笑了，有人笑着走着就开始谈说了，有人已经向位于一楼的数学组奔去了。

办公桌上，地板上，一地的，满桌的，那香香苍绿的一枝枝一叶叶，旁边站着汗涔涔的男人们，他们用过的绳子、大剪刀散落一旁。

所谓授人艾叶，手有余香，这香往往香一年，能到来年。

那安老师，是个实诚人，一捆捆，压得紧，散开就是一大盆。

那志先生，是个沉默寡言的，除了讲课，对着同事一年也不说一句话，见面也就是用眼神交会一下点个头，只这个时候，他无言地表达着情怀，显然还是脉脉然。你拿着一把叶子走了，他依然是一双大眼睛微笑着送你。

那洲倒是个会说笑的，他让你多拿点，再多拿点，他还会走一路散一路，家家门口，他只要路过，保管把一把艾枝插门上，放窗口。他胖乎乎地晃来晃去，吆喝着，到这里寻找爱（艾）吧！

那个冬，年纪最小的小兄弟，一身新衣，干净清爽。这时却一块灰一块白的，快成了斑马。“冬冬 ，可惜了你的干净衣裳？”

“不可惜，该洗了。”他摘下眼镜，擦脸上的汗水。我的心痛啊，这可爱的傻兄弟，这一会儿回家还没有洗衣裳的人哩。老实巴交的冬冬，刚刚经历一场情恸，相依为命的老母亲不久前故去了，疼儿的娘没了，疼兄弟的媳妇还没来，憨厚的小兄弟为大家服务从来不知惜力。他还是个极有情趣的，看过学校教职工联欢晚会的人，都知道他的表演天才，那刚发来的信息不用说，是出自他的肺腑。

青青一束艾叶，小美女拿了洗脚丫蚊虫不叮，小帅哥拿了熏衣衫早结情缘，秦婶戴姨们拿了烟雾弥漫缭得家和万事兴，大爷拿了插叶别枝，事业兴隆顺风顺水！

美，那个美耶！哪里是青青一把艾，分明是亲亲一把爱，暖暖一束情意。想起谁的初恋里收到过的一首打油诗：“礼物似小针，情意比海深，请你收下吧，这是我的心。”艾叶一束，分明是多情的男人们，给同事们的一颗心！

初夏，最先进入视线的总是那一束束苍青的艾叶，它们依偎着，紧紧地靠在一起。香气或许很快就会散去，但情意总能从这个端午延续到下一个端午。于是，艾叶有了生命。

我们的甜房子

这是五岁的儿子给我的命题作文："妈妈，你写'我的家庭'。"

"为什么？"

他答非所问："写我们怎样去旅游，写我们在家做啥了，玩啥了，吃啥了……"

"写不写你和姐姐打架？"我打断他的话，问。

"噢，别别！你写打架，我现在就去要饭呢！"

"为什么？"

"因为我不爱打架，你却要强加给我写上。"

"要不，我让你去要饭，要不我自己去要饭。"——这通常是我吓唬他的招。

他认得几个字，看着开头，让我去掉，我答应不写。他有点生气地，关上我的门走开了。

也许，在儿子眼里，一家人去旅游，在家里吃喝玩乐，都是幸福。即使是他和姐姐打架，是有趣的，但是也不能写。

我想他的本意是："我没有想要打架，但是不得不打，这虽不算很坏的事，但却不能写出去，我以后也可以少打，甚至不打。"这可能也是他心里想表达的。

这时，他又推开我的门："你写我和姐姐打架了没有？"

"我说，写也没关系呀，打架也是快乐呀，打架是幸福童年的一部分，你姨妈和你小舅舅，小时候，也打架的。"

"那你打架吗？"

我摇头："是的，我最大，只有我打他们，他们不还手的。要说打架，也打过一回。因为小弟，他被人打了，我找人算账去，其实是找打去了。人家女孩子人高马大的，像扔砖头似的，就给我摁地上了。就这一回。"

"那时你多大？"

"还没上学。"

"打你的人呢？"

"她上四年级。"

"你还认识她吗？"

"不认识了。打的时候不认识，打完也不认识。"

"那你打架幸福吗？"

"幸福啊，为了你小舅舅。再说了，体验一回打架也没什么不好。"

"那小舅舅不幸福啦，你被人家打。"

"不会吧，他有一个敢为他打架的豆芽菜姐姐，应当幸福才对。"

儿子不说话了，还是坚持不让我写他和姐姐打架。

其实，酣畅淋漓地打架，真的是一种痛快，我认为。想象着那是一种尽兴。

家里人不打架，妈妈从来都说，要文斗不要武斗。她的意思是，讲一讲，说一说，就解决了。

“可小舅舅和姨妈小时候还是会打架，跟我和我姐一样？”

“是啊，姥姥说，那是比赛力气，偶尔赛一回也没关系。”

“那我和我姐也是？”

“是啊，也是比赛力气。比赛完了，拉拉手，吃得更多，长得更高。”

“不过，还是不要写吧，我不喜欢打架。”

儿子坚持着。

这时候，我炖鸡汤定的闹钟响了，我起身去下面条。

盛好鸡汤面条，端上饭桌的时候，我问儿子：“你把我写的稿子删了？”

“没有。”

吃完面，我又坐电脑跟前，他问：“看，我没有删吧？”

“那你让我写了？”

“不让。”

我说：“好了，我不写了。给稿子起个名吧，我寻思。”

“我的家庭。”儿子说。

他还唱着Tony（托尼）老师教他的英文歌：

Home， Sweet home... There’s no place like home...

（家，甜蜜的家……没有地方像家一样……）

仔细地听，静静地品——

可爱的家，

天下没有比家更好的地方，

哦，天下没有比家更好的地方！

“姥姥说，金窝银窝不如自家的狗窝。起个题目叫‘狗窝’吧。”

“妈妈，歌里唱的Sweet home——可爱的家！”

好的，甜屋子，家是甜蜜的地方——有常会打架的小孩，有总是啰唆的老人，有偶起争执的夫妻，有你来我往、相亲相爱、相互疼惜的兄弟和姐妹——

我的家庭真可爱，美丽清洁又安详。
姐妹兄弟都和气，父亲母亲都健康。
虽然没有好花园，月季凤仙常飘香。
虽然没有大厅堂，冬天温暖夏天凉。
可爱的家庭呀！
我不能离开你，你的恩惠比天长。

歌声落下，儿子叫：“妈妈，该你给我和姐姐讲故事了！”

好，跟着我念——

是啊是啊，你家有宝石箱子和金柜子；
是啊是啊，你家有大理石台阶和漂亮庭院；
但是，但是，我家有给我念书的妈妈
……

还有，还有，一双儿女争相补充——

给我们煮粥吃的姥姥，

种草莓的父亲，

邮来玩具的舅舅，

“神话印钞机”爸爸，

“天使保洁员”妈妈

……

春老师，春天好！

新的春天来到了，春老师，您好吗？

春老师，一别校园十六载，去年的春天，我重回了一趟母校，想念你，却不见你的身影。

最愧我当年的胡言乱语，时光四季，你的名字收取了三季，我却随口叫你一声：“春老师！”

你笑答：“哪壶不开提哪壶！”

毕业离校后，却听人说你的感言：“我的名字里没有春，人生也没有春天。”这话让我悲伤，因为是我叫你“春老师”，是我“哪壶不开提哪壶！”

悲天悯人的我，却从心里到心外的惴惴不安，怪自己的饶舌，是否让你心上多一丝阴沉与不快：“相由心生。”

更怕你把我这句随便的称呼衍变出什么，长在脸上，如果不是人心的春色，那将是我所不希望的颜色。

真的，但愿是我多虑了，春老师现在正“吃嘛儿嘛香”地快乐无比呢！

春老师，你是一位兄长般的老师，教授着众多中文系学生都喜欢的美学课。

记得你在课堂上引经据典地提到什么书，同学们就找上门去，向你借阅，你要求我们写一句话的读后感夹在书里，作为回报。离校后才知道，我们从你那里赚取的学识，是你的教育有方所致啊。

同寝室的女生都很感谢你，你教我们如何更漂亮：“近视要戴眼镜，不戴，久了，要么仰脸，要么低头，姿势难看。”打开水的时候，我和上铺的女孩，四只近视眼眯起来辨认是不是你也来打水，远远地，听见你的声音：“再眯，再眯，看，皱纹全长出来了！”从此，我们再不要眯缝起眼睛看人。

心里还有一件感谢你的事，就是你为了我们调过两回只有单周才上的课。因为我和同寝室的女生心血来潮想回家，又不愿耽误功课，就留条请你把课挪到下一周再上，伙伴说，你都已经到了教室，看了字条，又折回宿舍。

你关照我们，而长着豆腐脑的我，却总是给你捅娄子，偶尔你迟到几秒，我就会咚咚地跑到办公室去找你！被系领导询问，还报上你的大名！等我再爬楼回到教室，你却在等着我回来开讲，看我一眼，却没有丝毫埋怨。

春老师，还有一句话是你让我今生难忘的。还记得吗，一个事件之后，学子们的心似风鼓荡，郁忿如狮，大家在我们寝室恳谈，言语激扬，从来乖乖姿态的我啊，却脱口一句“滑稽！”那个清亮响脆，一屋子人鸦雀无声，意识到自己吐出的是什么，着急得直想哭。仿佛过了一个世纪，我听到一个声音：“滑稽，太绝了！”抬起头，看你的目光是我的救命稻草。那是我第一次骂人，春老师，谢谢你救驾，救了我单纯的小姑娘身份。

别后多年，我从不骂人，因为我明白，没有人能像你一样绝妙地为我救驾。

我重返校园里，立在当年的宿舍和教室门前，静听青春的声音。我拜望我想念的人和事，他们都有信息，却没听见你的一言一语。

您好吗？春老师，居哪里？伴何人？膝下是男还是女？美学还是你的最爱吗?

春老师，披露这些陈芝麻烂谷子，只因感念在心，祝福无边。

春老师，春天好！新的春天里，我最迫切的愿望是——春老师为我带来春的消息！

新年快乐

新年即临，小儿要参加写字比赛，六岁不到的小孩子会写什么字哩，能写几个字哩。

不能拂了师的美意和爱意，我亲自操刀给小儿示范了一纸“盛世童谣”——

一二三四五六七，马兰开花二十一。

三十一、四十一、五十一，

六十一、七十一，九九八十一。

中华大地真美丽，九九八十一。

中华少年爱学习，九九八十一。

中华民族数第一。

如斯，小儿只需把“盛世童谣”四个字练习一番就可以挥笔了。

写了两份交上去，老师不解：“这是哪来的童谣？”

小儿如实答曰：“妈妈，妈妈造（童）谣。”

老师笑掉大牙，却通知我说：“这份书写得了创意奖。”

这回该我大牙笑掉：“书法赛，还创意奖？”——呼儿嗨哟，新年快乐！

迎新春，我去改头——理个新发型，整出一个板栗色的脑袋。然后，又去换面，倒腾得皮儿白乎一些。熨斗不熨斗的，好想抻抻皮儿，拉拉筋儿，搞得“老婆娘”成老姑娘的样子。帮我收拾头发的小帅哥笑，坐在一旁一头小夹子的小帅哥也笑；敲我背、松我头发的小姑娘也咴咴地乐。我板着脸装酷，他们更小脸如绸缎般地卷着，并不皱巴。“唉！”我叹气，“我不笑都一脸褶，你们笑了，还一点褶皱都没有，不公平啊！”

小帅哥的手灵巧地穿梭在发间：“那都是快乐的印子哩，我们还没有修炼出来。”

小姑娘的指轻轻绕在脸边：“笑笑快乐，不笑是心里快乐。”

改头换面之后，我感觉到不只是改头换面快乐，这些美容师更是令人快乐，真是“太受教育啦”！改了我的头，焕发我的面，还洗我心革俺们的理念。——呼儿嗨嗨，新年快乐！

回到家里，我由衷地笑着问小儿：“妈要是老了，你嫌不嫌？”

小儿说：“妈妈你永远不老。”

对着小儿拍着老妈脸和头的小手说：“瞎扯，哪有不老的呢！”

小儿更来劲了：“妈，你真的不老，到时候，我给你买一块唐僧肉，你吃了就不会老了。”

我惊得又笑，天！

“到时候都有高科技了，不用吃唐僧肉了，到时候会制造出这种肉。”

我思索着措辞，引领小儿的思维从那小说定式里出来：“妈妈，到时候，我给你制造，我当科学家！”啊哈，嗯嗯！呼儿嗨哟，新年快乐！

逛超市，看到红嘟嘟的红包，拈两包；看见红艳艳的鞋垫儿，抓两双；还有红彤彤的吉祥结，收过来——呵呵，包裹美好，踩住愿望，结彩快乐，哦，新年！你到，齐欢笑！咚咚隆隆锵也，新年快乐！

此刻我正在电脑前敲打，小儿一旁问他爹："开得最快的花是哪样花？"

他爹答不上来，俺在这厢听得真切，斜睨小儿手上的爆米花袋子说："你娘知道哩。"

他爹赶紧问这娘："是啥，快说！"

小儿拦阻："妈妈，别跟老爸说。"

他爹终于知道："爆米花耶！"——新年的快乐，如同爆米花，"嘭"的一声爆开来——新年快乐！

亲爱的托尼

托尼是孩子们的英文老师，他会学老牛哞哞地叫，也会学公鸡别扭地跳，他还会端着咖啡杯，指着你说："No，No，No！"一定是你读音跑了调！

孩子们喜欢托尼，超越了喜欢英语。孩子们说："他是一个可爱的老爷爷！"

"一星期不见托尼，吃肉没有肉味呀。"

我家小儿叹道，装模作样的，好像他很爱学英语似的，其实，他更爱托尼。

孩子们去云南，去西安，去上海，都要给托尼带一只香包，一包"八大怪"，一枚海宝的胸针，甚至去北京，也没忘记把天安门城楼的模型给托尼带一份！小礼物不值钱，却充满中国特色，托尼每每爱不释手，眼神里充满惊喜，这么"中国"的东西是他崇拜的。于是，我也感动了，和孩子们一起想着给托尼一份"惊喜"。

我这么想，是因为我太感动了，托尼对小城外教工作所做的卓越贡献把我感动了。为了不让孩子学成"河南英语"，一直以来我都没有给孩子报英语班，虽然各式各样的英语辅导班广告铺天盖地，也曾去试听，终究忍受不了那"语音"里流淌出来的地方特色。这个时候，托尼出现了。托尼是这么教"Dirty（脏的）"的，他跑到门口鞋架上，拿来一只黑乎乎的运动鞋，举在每一个小脸前："Dirty！Dirty！"

放学回来，女儿就指着儿子红领巾上的斑斑墨迹喊"Dirty！Very dirty！"

儿子却指着他老爸的白衬衣领子大呼："It is dirty！"如此记单词，效率非常高，孩子们记住一个又一个。

托尼的课堂活泼生动，寓教于乐，快乐的孩子们说："Tony is fun！"这个有趣的英国老头儿，总是让孩子们眼睛放光。他的发音纯正干净又清晰，潜移默化地熏陶着每一双小耳朵。一次在北京西单图书大厦，偶然间和一个老外搭腔，女儿一张口，我在旁一愣，发音很有味道，不再是我口中的中国式英语。更令我惊讶的是，女儿听对方说英语时毫不吃力，好像还很随意。回头问她，女儿答："听托尼都听惯了。"

望着托尼和孩子们乐成一团，我常常想起那一段话："……毫不利己，专门利人，这是一种什么精神？"他真的是不远万里来到中国，来到中原小城。他的儿子曾经来劝他回去，但他说要留下来教中国小孩说英语。孩子们的舅舅在上海工作，一回到家，往往会感冒，他有一天埋怨道："每次回来都要感冒，家里的空气太糟糕了。"一个漂洋过海来到小城，且五六年从未回过家的外国老人每年都因为小城煤尘的污染感冒几回，但他从来都没抱怨过什么。这是一种无私奉献的精神！

托尼是一个虔诚的基督徒。托尼的上帝哟，请照顾好这老头儿，他是小城孩子的英语启蒙老师，他是小城人亲爱的托尼！

会意的电话

那一天，心上莫名纠结，说是莫名，哪来那么多的莫名，无非是众人之事、一己之事，她绕不开了。

心情绕不开的时候，不能乱打电话；心情绕不开的时候，打了电话也不能乱讲话。

于是，她选一个号码，犹豫着，发一条信息："近来好吗？"

他的电话立刻就来了："怎么了，没事吧？"

她答："没事，没事，我在开会。"

他说："没事就好，还以为你怎么了。"

挂了电话，她的泪流下来了。

很多年不联系，除了她当年拒绝过他，似乎他们之间没有什么情意。只是每回他出版了新书，都会寄给她一本，有一次还寄错了地址，被人转了来，倒不是真错了地址，只是她换了新单位，根本没想起来告诉他。

只这样的联络，她那日无处可去的心思，一晃，想起她伤害他时，他依然温暖地说："你以后有一个不称职的哥哥。"

当时的她，只管他转身离开不打扰就好，没听清的一句话，多年后，才明白，他是伤心动骨地离开。

湮没在人海里，谁也看不到谁的影。她在保持距离之余，呓语一句，冲他的背影，抒发的是自己人生的不悦。

他听懂了，懂了她的不快乐，他的信息在随后的几天发过来，是一些“山重水复疑无路，柳暗花明又一村”一样的人生格言、处世感悟。

心灵里有了鸡汤的滋润，纠结的心板，点点青色露出来。然后，彼此的时空，又重归寂静。

这样的感动也会出现在长辈里，电话打去，她想得到指点，他是她的名人师友群里的明白人。他说：“小毛，我这里有个客人，改天再聊。”

打开音乐，寻找明白的气息，正响着的乐章里，她依然解不开，理还乱，自己手掌中攥着的困惑和无奈。

电话又响了，她看到是他，感动起来，定住情绪，才接听：“C老师——”

“小毛，你刚才打电话有什么事？”她终是不再说：“C老师，没什么事，好久没和您联系，打个电话，您忙吧。”

电话放下，她还是在自己的纠结里落了眼泪，只是刚才的纠结有了温暖的照耀。

读研究生的小白，是她的铁杆闺密，她到西湖去看望她，小白的室友“揭发”：“小白一不高兴的时候，就是不吭声。然后，铺开信纸写信，问给谁写信，她每次都是写给你。”

她望着小白，不说话，什么都明了。信纸上，小白不当心弄湿的地方，是她最明白的地方。从少女，到少妇，如今，人到中年，她与小白，会意里懂得彼此，彼此在会意里心神如海洋里的鱼儿，有多少美妙，尽在不言之中……

谁给予的纠结，当然，不能往谁那里打，一打更是错，错上加错；哪个方向吹来的风，似乎也不能去“顶风作案”地解释、诉说，越抹越黑，越理越乱。好多时候，好多事情，只能等待，才有转机，才能明白。这个时候，犹如黎明前的黑暗，心上是难过的。

这个时候的谈话，是要择人的，如水，汩汩流淌，说的是相干的，或不相干的言语，心上春色渐渐洇开，是那会意的电话里，那会意的关心、关怀与相知、相惜。

人在路途，有扶搀，有提携，即使脚上沾满尘土，是粘了地气的惬意和笃定。

电话接通，你不问，我不说，听筒里传递着驴唇不对马嘴的东拉西扯，而此时，心上的轻愁已过了万重山，岁月里，有你，有您，会意着，真好。

首席理发师

时常，儿子会指着他的“酷”发型给人“炫”：“我妈‘啃’的”！

给儿子理发，缘于走遍小城，寻不到一家儿童理发馆。

当年给弟弟理发的阿姨年迈，只给小儿理了一个百天发型，就退休了。前往家中打扰，委实不安，只好携小儿去先生常去的一家理发馆。

小儿好动，第一回理发，推子“闪”了一回，又“闪”一回，一小窝，又一小窝的头发，明显低矮地深陷着，我笑着安慰理发师傅：“没关系，没关系！”可每次目光扫视，心也跟着塌一下，又塌一下。

第二回理发，小儿越发动作不止，头皮被年轻的理发师阿姨不小心“咬”了一口，渗出血来，惹得外祖母和孩子他爹都怪我监护不利，我想说咱们家小儿忒好动，却也忍住。外祖母拿出酒精棉球开始消毒：“这要是感染了这个病毒那个细菌的，怎么得了！”老太太一唠叨，我也有些怕了，在公共场所理发，确实很不卫生，想想先生不是也会偶尔被剐出血口子吗，他不也总是用棉球擦擦以防万一吗？

“谁让你家小儿如此不老实来着？干脆留长发吧。”我说。话是这么说，不能动真格真给他蓄发。一直没有物色到合适的师傅，小儿理发这里将就一下，那里凑合一回。

有一天逛市场，发现了儿童剃发器，塑料的，装电池，眼一亮，心也亮了。毫不犹豫地买来了。

张罗着给小儿理发，他护着头顶那只“桃”：“还要这样，还要这样！”

我答：“好，好！”

可是，理着理着就不对了：“桃”越来越小，还歪歪扭扭，忒难看。

无奈，先斩后奏，我给他推了个大光头。

儿子摸着光光的大脑袋，迷惑地问：“妈妈，不是让你留着桃吗，你怎么把头发全剪没了？”

我实情相告：“妈妈理的桃子实在不好看，这样好看！等妈妈学会了，再给你理桃形，好吗？”

儿子还算体谅，没有纠缠，对着镜子，摸着光头，若有所失！

三岁之前，我全给儿子理光头，春夏秋冬就这一个发型，常常会有叔叔阿姨大夏天、大冬天里问：“晒不晒？”“冻不冻？”

“谁理的？”每每此问，儿子便会指向我。

“你还会理发？”人家大惊，我大悦。呵呵，理光头，谁不会！

终于，儿子不耐烦，一个新年之后，坚决护住头顶：“这一块，留住，留住！”

好，留住就留住，反正妈也是熟稔的老师傅了！谁知这一回留“桃”，造型还是欠佳。周一送小儿去幼儿园，班主任秦老师问：“谁把他的头理成这样，跟狗啃似的？”

儿子指向我，我只好挺身回答：“他妈，他妈给他啃的！”

一圈人都笑倒。

至今，还是由我为儿子“啃”头发，只是桃子越理越漂亮有型了，外祖母和他爸都表扬我“出师了”！

儿子一兴奋，亲笔手绘，给我颁发聘书：“首席妈妈理发师！”于是，本首席暗下决心，精益求精，争取早日把儿子想要理的那“小平头”之“高难”发型课题拿下！

爱我，你就陪伴我

一

儿子放学后去打乒乓球，他喜欢就玩玩吧。我们依了他，交了学费，随他玩去。

一周后，他跟我说："妈妈，老师说我打得好——今天你要去接我，你看看。"我狐疑地怔在那里，最近我手头工作正忙——他像是看穿我的心思："妈，你今天要去看我打球——我爸接我的时候看过了，该你去看了，妈。"他又一遍重复给我听，目光定定地望着我。

孩子他爸也看着我，因了孩子的坚持吧。于是我答应："好，今天我接你，上楼看你打球。"

二

下午单位工作确实忙，一忙，我就忘记了对儿子的应承。

先生打电话来："你走到哪了，到学校了吗？"

我才想起来看孩子打球的事，一时支吾："我还没出发呢。"

先生说："你答应他了，还是要去，我也去。"

我赶紧放下手上的活儿，关上电脑，奔向孩子的学校。

三

先生已经到了，他在楼下等着我，我们一起上六楼乒乓球室。

爬楼的时候，我埋怨："一定要让我看什么呢，真是的。"

先生不以为然："应该来看孩子打球，这样对孩子来说，是完整的，完整的生活，才有完整的教育。完整的教育，才有完整的人格。"

先生又嘿嘿地笑："你还是教育工作者呢！"

四

我恍然，真是呢，有一阵子先生忙得不可开交，我好像给他讲过，单位里一位同事女儿的事——

同事小林，有一个可爱的女儿，他天天拼命三郎一样地忙工作，做培训，所有的培训项目他都抢着接。有一天，他早上出发，女儿拦在门口，端着存钱罐跟他说："爸爸，今天你留在家里陪我过星期天吧。我存好了500元钱，给你，正好够你今天的培训费——"原来女儿在用500元购买他一天的陪伴。

小林把这个故事在单位说过，在培训讲课的时候也讲过，他慨叹："总是给孩子一个忙碌的背影，不是完整的父爱。"善于反省的他，规定自己每个月至少陪伴孩子两个周日。

小林如今在单位已长成大林，有时候也有人称呼他老林，他的女儿已读大学，他庆幸自己没有让父爱缺位："孩子的成长不能等待，谁也不要说等自己成了百万富翁再去仔细地爱孩子，那就晚了哦！"他告诫做家长的同事们，也警告他所培训的学员们。

此时，我想起来。

五

我也想起来，才看到的那个学位读到博士的孩子，逼着父亲给他在北京购买现房，他认为他的努力是父亲理想的延续，父亲理应为他买房子："我让他实现了他的理想。"他对着电视采访的镜头，还在这样说，这是一个连续跳级，十六岁就读博士的孩子。生活的风景是多棱多角的，他的生活好像只在父亲安排好的升级、跳级、读书、考学这一方框里："爸爸只让读书，从来没有陪伴我生活过。"他顿悟似的对记者说。

他没有完整的生活，当然不具备完整的人格。

六

从教二十年的我，曾经多次分析班级里叛逆的少年，他们也多是家庭缺位、亲情缺失、父爱母爱不完整的孩子们，这种种欠缺投影在孩子的人生和性格上，就形成短板，成为漏洞，短期可见到的劣处尚不明显，抑或弊端还不算十分严重，也许有一天，它就是那蝴蝶效应，爆发在人生或旅途之中。

邻居小景阿姨，下海闯关，赚钱上亿，唯一的女儿毁于吸毒。她痛哭流涕，已是无用。她说：当年女儿的乖巧用功，小学学习多么优秀，只是在她后来做生意，天不亮就走，半夜三更忙得进不了家，才使得女儿无依无靠，跟社会上的人玩在一起，才滑下坡去，人生翻了板。她悔啊：“家有千千万，又有什么用，关键是要孩子好哦！”气长叹，泪长流。

七

立在乒乓球室的门口，儿子眼神已经风一般溜过来，明亮又得意，轮他执拍了，他回眸看我，神气十足地去接教练发来的球，打完一轮，教练夸：“好，不错。”他又冲我回眸。

这就是力量吧，父母在，在他眼前，在他身后，他就力大无比。

这就是一种完整吧，完整的支持，完全的爱。

谁说过，父母和子女一起成长，一起营造完整的生活，完整的生活即是好的家庭教育。

无论，你是玩还是学，你需要，我就来，就是成全，就是爱——你的需要，我的成全，就是完整的给予，完整的爱。

不疾不徐，在你左右，陪你成长，伴你前进。

妈妈肩膀上的彩虹

小加是一个孤儿，在她三岁的时候，亲生父母染恶疾双双去世。家里没有近亲，有几房远亲却也在天南地北，并无来往，于是，小加在三岁那年彻彻底底成为孤儿一个。

乡亲们你一角、他一元，凑钱买下两口薄棺掩埋了她的父母，不知是有意，还是疏忽——居然谁也没想起来如何安顿睡在李青春怀里的小加。

李青春住小加家隔壁，说是“家”，其实两家都是窝棚。李青春正值青春年纪，不足三十岁，男人打鱼不慎跌入水中溺亡，撇下她带着两个年幼的孩子挨日子。两个孩子，大的七岁，小的比小加大半岁。大家都在凑钱买棺材的时候，手无分文的她看见小加哭得可怜，就从别人手里把她抱起来。说也奇怪，李青春一抱她，她还真就不哭了。人群中有谁随口唠叨：“这小加和李青春有缘呢，谁抱都哭，李青春抱就不哭哦。”李青春一愣，随即应口：“那我养着好了！”

待村里有人想起小加的抚养问题时，李青春已经带着小加过了半个月了，她说：“孩子要是有更好的下家就接走，要是没有，我就养着。”

似乎没有谁家特别有意多养一个孩子，加上村里有个算命仙说过，小加的父母是小加克死的，这孩子命硬。于是，本有意领养个孩子的孤寡人家，也都禁口了。

小加跟着李青春娘儿仨生活了起来。转眼到了三个孩子都上学的时候，李青春感觉力不从心了，守着大山，守着土地，让三个孩子活命倒是可以活得过来。可是，要是交学费，她就为难了，虽然学费和书本费都没有多少，但是没有收入的她，还是无奈得很。下河打鱼，看着太阳，她发愁；烧火做饭，望着月亮，她也犯难。

她不叹气，却忧心忡忡。眼见着开学的日子就来了，她不知道该怎么办。两个小的都要入学呢——只让小加同哥哥去上学，那小妮子死去的爹不要埋怨自己吗？要是让自己亲生的小妮子跟着哥哥去上学，那良心怎么过得去？她咬咬牙下了决心，无论如何，三个孩子都去上学，走一步说一步，先借钱去！

借钱回来的路上，她见到村里外出挑山的人踏着月色回来了，听他们边走边议论，他挑了九元，他挑了十元——她的心惊喜地狂跳起来！她加快脚步走回家，她找到挣钱的路子了！

从此，她去挑山，风里来，雨里去，无论春秋，无论冬夏，滑倒过，冻伤过，她不言苦，不说难，心里喜欢，心甘情愿——三个孩子一个比一个学习努力，他们勤奋、优秀、孝敬——她是山里有名的挑女，因为其他全是挑夫，她是唯一一挑就是十几年的女性；她是方圆有名的母亲，因为她的艰难与不易，也因为她的无私与爱；她也是多远多远都晓得的英雄，她是一个平凡的女人，却是一个了不起的妈妈！寒来暑往，她穿坏了数百双解放鞋；一年一年，她也更换了数十根扁担；她的肩膀，从磨得红肿，压得流血，一次次，结了痂，最后变成厚厚硬硬的茧……

弯弯的扁担，是一轮彩虹，从雨天到晴天，从泥泞到坦途，把三个儿女，从村小挑到了乡中、县中，又一个个挑进了高校——三个大学生，一根扁担挑出的人生路！

三个进了高校的孩子，发誓再不让妈妈去挑东西上山下山，他们带着妈妈上大学，贷款付学费，分头打工，赚生活费，养活渐渐年迈的妈妈——

多少年后，扁担挑出大山的三个孩子，成家立业，各自有了儿女，妈妈已是白发苍苍，他们一同回到飘雨的小山村，雨过天晴的时候，他们带妈妈乘缆车来到山顶，一轮彩虹架在他们合影的镜头里——

妈妈由衷地说："这多像妈当年用的扁担啊！"

三个孩子向他们的孩子，仔细讲述当年压在老人肩膀上的那条彩虹……

一辈一辈的后人都知道，他们有一个了不起的老人，老人有一根了不起的扁担，是坚忍，是勇敢，是善良，是担当……曾经老人一个人挑在肩膀上，如今挑在家族后人的血脉里，成为精神的彩虹——任岁月流逝，这彩虹璀璨，成为传家的宝。

挂满铃铛的春天

每到春天，我就会禁不住想起那个浑身上下挂满铃铛度日的小女孩，还有她那走在春风一样的铃声里和流淌着一脸微笑的父亲……

在我读中学的时候，我家住的平房后面，不远处有一个公厕，打扫厕所的是一个四五十岁的光棍汉，他自己挣钱自己花，家里再没有其他的人。

他独自往来，鲜有人搭理他，他也不搭理谁。但是，厕所因为他沉默的劳作，日日清新，天天洁净，大家都是受益人。

众多的受益人，也从没有谁过多地去关心他，只是从一个老人口里知道他是一个人，姓张，却并不知道他住在哪里。

在一个春天的早晨，奇了怪了，这“公厕张”火急火燎地挨家询问：“谁丢孩子没有？”准确地说，他是在问谁见到有人往厕所里丢孩子没有？他在厕所里捡到一个孩子。

这天一大早，他照样天蒙蒙亮就去拉大粪，发现厕所里有个哇哇哭的女婴。

既然找不到孩子的家，他就带着女孩过，挣的钱全给孩子买了奶粉，自己拾路边的菜叶子煮了吃。因为捡到女孩的时候，她手边放着一个小铃铛，他就给女孩取名叫铃子。

因他的善举，我在放学的途中，发现他就注意地看着他的孩子。他扫厕所拉大粪的时候，就把铃子捆在胸前，像是老袋鼠兜一只小袋鼠，待到“小袋鼠”大一些，就蹒跚地跟在他的臭粪车旁，他边拉车，边呼一声“铃子”，一声一声，手拉着车，目光扯着女儿；他打扫，女孩就在一边看着，一边玩着，揪一棵草，捡一块地上的石子，扔着，摞着。就这样，女孩子慢慢长大了，一岁，两岁，三岁……

每到春天的时候，就都会听到“叮叮当，叮叮当”的声音。第一次，这声音从家门前过，我好奇地跑出去看：“啊！”我忍不住，叫喊起来。

好壮观啊！女孩一身都是“小叮当”，从头到脚，凡能扎系的、能挂着的每一处，都是红色的小铃铛。女孩走着，摇晃着，故意摆动她的身体。父女俩一路笑着一路走，居然跟了一群小孩子在后面看他们，悦耳的铃声湮没了粪车的怪味，他们走过去的空气里挂满了欢声笑语。

年年如是，清脆的铃铛声成了我们家属区春天里最亮丽的风景，响亮的铃铛声里，我去读我的师范大学，那小女孩也长成一个好看的小姑娘，她不上学的时候，依然跟着爸爸去打扫，只是她大了，不再走进男厕所，只是站在女厕所门口，有时还帮老人抬粪桶，这时的光棍汉，眼也花，背也驼，走路还总咳嗽。

等我毕业又回到家乡，老平房已拆除，我们搬进了新楼，那公厕也早荡然无存，小姑娘和光棍汉也没了音讯。

一年一年，我看着活跃在春风里的孩子，还有我的学生们，耳旁依然会响起那串串好听的铃铛声，也就惦记起那对父女。想那老的身体可好，想那小的该有多大了，想他们怎样搀扶着彼此的人生，如今日子可过得温暖，岁月里爱的铃铛还挂在女儿身上吗?

人到中年的我想着猜着，不知他们是否离开了这个小城，也不知今后还会不会再在春风里遇见他们。

去年立春过后，初一的新生到校报到的时候，我正低着头仔细地给学生们写学费单，忽然，如梦如幻地，耳边响起了串串铃铛声，我应声抬头：“啊！”一身美丽的红色铃铛，是我们班的李小铃来报到了。

那红的、闪闪烁烁的铃铛，把我的梦勾了出来：“铃子！张铃子！”我脱口呼唤。

“老师，您怎么会叫我妈妈的名字？”可爱的李小铃瞪大了眼睛，显得不知所措。

“啊？你真的认识铃子，她在哪？”

“秦老师，我在这。这是李小铃的学费，给你！”

“不只是学费的事，我是想问你是不是张铃子，是不是‘那个’张铃子？”

“哪个，还有哪个？您是——”李小铃的妈有些惘然。

“先等一等，等我忙完！”我给这位年轻妈妈搬过来一个方凳：“先坐一坐！”

真的，她就是当年的铃子，在一家工厂当会计，她欣慰地告诉我：“爸爸七十多岁了，身体不算好，但也没啥大病。每到春天，他老人家都给外孙女小铃买一身铃铛挂着，他说，这辈子就喜欢春天，就喜欢铃铛！”

“其实，妈妈也喜欢铃铛哩，妈妈说铃铛的声音是我们家的福音，要年年挂着！”一旁的李小铃接口。

“那你呢？小铃。”我笑着问。

“我喜欢挂满铃铛走在春风里，其实是把幸福挂在身上，这是外公的爱！”

我仿佛又看到那张流淌着微笑和春风的老人的脸，多年前的那个春天开始，他的心上就挂满了人世间最悦耳的铃铛。

百花深处的石头房

有句英文这样说："Now sleeps the crimson petal，now the white."意即"绯红的花瓣和雪白的花瓣如今都睡着了"。我喜欢这句话，是因为这意象像极了爸爸为我们建造的石头房子的门廊——我永远都记得每当春天来临，门廊上无数的鲜妍花朵，在微风中安卧，仿佛我们兄妹睡熟的童年。

我的家乡在豫北农村，山清水秀却也贫穷落后。小时候，家里的房子是土坯墙，茅草的屋檐，下雨的时候，外面大雨，屋内小雨，娘叹一口气，爹的眉头锁得更紧了。

哥哥要上学，我也要上学，家里不可能有多余的钱盖砖瓦房。可是，爹娘供我们上学的念头从来没有动摇过，他俩说："啥时候你们自己说不学了，读不动了，你们就回来跟爹和娘一起做农活，只要愿意读书，砸锅卖铁，也供你们！"爹的话掷地有声，娘的目光坚定如炬。

我和哥哥不说话，暗下决心，把书读好，读出名堂。我和哥哥在暑假一起去打猪草的时候商量过，长大了，要让爹和娘住上像王乡长家里那样的两层洋楼。其实，现在想来，那是多么简陋的"楼"啊，和现在的楼相比，那只是个房茬子，但那是当时方圆百里最好的房，最高、最气派。我甚至把给爹娘住的房子想象着画在课本的扉页上，不时看一眼，想一下，心头甜蜜，充满憧憬。

不知道从哪一天起，我和哥哥发现，爹总是往家里搬石头，石头越来越多，小院子里堆得满满的，小山一样。一个冬日黄昏，我从乡里的小学校放学回家，走过家门前那道坡时，发现爹在抱着石头往上走。原来，这么寒冷的天，爹又下河里挖了一车石头，上坡的时候，怎么也拉不上去，就把小点的石头都抱下架子车，把大石头先拉上坡，又返回来，再把一块一块的小石头抱到坡上的架子车里。皎洁的月亮已经挂在天上了，我和爹一起抱起最后两块小石头放在车上，爹在前边拉，我在后边推，就这样回到月光如水的家院里，娘做好了晚饭，等着在县高中读书的哥哥回来开饭。

爹抽一支黄金叶的香烟，咂咂嘴巴，香甜的样子，他满足地看着满院落的大石头、小石头，白石头、红石头，歪着头看看这里，侧着身瞅瞅那里："春上就可以开工了。"他自言自语，我纳闷地问："爹，要开什么工啊？"

爹笑了，抹抹胡碴："到时候你就知道喽！"他很自足的样子。让我感受到他故作的神秘和溢满胸腔的幸福。

我和哥哥咬着耳朵推测爹葫芦里卖的什么药，两个人还打起赌来，私下里去问娘，到底还是哥哥猜对了——爹开春要给家里盖房子，没有钱烧砖买瓦，他下河里挖了两年的石头，在默默地打算给我们和娘盖一座石头房子。我们知道了答案，想起爹酷暑寒冬在河里的身影，心情复杂，再不愿意多说话。哥哥说困了，我也说瞌睡了——可是我分明听见，哥哥跟我一样辗转反侧，想着爹和娘的不易，我们不知不觉睡着了。

我们期盼着春天，期盼着爹的石头房子在春天里开工，盖起来！

过了正月十五，我和哥哥就开学了，我们各自上课去。一周之后，两周之后，三周之后，过了二月二，龙抬头了，村上好几家都在盖砖瓦房。我们家的石头房还没有影儿，我不敢问，也不能问，怕爹有压力，也不知道出了什么问题，只看到爹的眉头拧得比麻花还紧，娘也在叹气。

终于，我从村里同学的口风里知道，爹在挨批斗，有人说，他上工不下劲，把力气都用在下工后，给自己家挖石头去了！说是还要把那些石头全充公！

我欲哭无泪，回到家，问："是不是这样？"

哥哥知道了更是怒不可遏，要找那个村干部理论去，哥哥有一个同学叫朱福，朱福的姐夫是县里干部，他打抱不平，拎来两瓶子汽油，说是趁天黑把那村干部家给点了，他好汉做事好汉当，不连累哥哥和我们家，就为治治那"恶人"。

爹劝下朱福，喝退哥哥。"不许胡来！"爹说，"我老了，他们愿意怎么处理都中；你们还年轻，要奔前程！"

后来还是朱福把他姐夫的话捎回来："石头那么大、那么多，看村子里哪个老少爷们会去动手搬那些血汗石头！不用担心，石头早晚都是你们家的！"果然，那个村干部不可能一个人去搬石头，村里也没人肯给他搬。

有一天，我们家的院落外边有人用红纸条写了一句"谁家的石头就是谁家的！！！"看着那三个感叹号，爹的眼里湿湿的，朱福请他的姐夫为爹的石头房奠基，于是爹的石头房子开工了。

石头房子收工的那一晚，爹和娘借了五十元钱给村里放了一场电影。后来的每年春天，我都会看到，爹总是坐在房廊下，吸一支黄金叶的香烟，看看天，看看廊上廊下那五颜六色的花朵。此时的花朵，在风中安眠，一如百花深处，爹那颗沧桑的心——为儿为女，为你们的娘，我要筑一个窝，天底下最温暖的就是它了，它是爹要给你们的——家！

长大之后，哥哥在旧金山有了别墅，我也住进了“阳光花苑”复式房，但在我们心上，人生里最温暖的依然是爹娘给我们的那座石头房，我们的脚丫走向天涯海角，却总也走不出暖与爱。

向着太阳奔跑

生于煤城，长于煤城，我是矿山的儿女。

黑黑的煤堆，高高的矸石山，一辆辆载满粉煤远去的卡车，一群群穿黑衣，戴黑帽，全身黑乎乎，只有牙齿和白眼珠是白色的——这样的煤矿工人——他们刚刚升井，如此景象司空见惯，就和在蓝天白云间天天升起的太阳一样。

我爱矿山，熟悉它的一草一木，知道它昨日的简陋，了解它今日的繁华。看着它的街道从蚯蚓小路到霓虹大道，它的厂房宿舍从矮矮如蝼蚁到巍巍似威龙，它的城区从窄小如一块巴掌大到富丽堂皇不见边，它的工人从足不出户到游遍大洲大洋，从操一口粗重河南腔到如吐莲花般朗朗讲着ABC……看着飞机高高天上飞，就感到矿工的日子也是天堂一样美。

天堂一样美好的生活，缘于煤矿工人的不懈追求和无畏创造。他们是普通的劳动者，理想的追求者，光明的缔造者，他们是中华大地上向着太阳奔跑的人，他们采撷七彩阳光装点黄色的土地，紫色的灵魂，照亮别人的生活，也照亮自己的生活。

天空里那闪烁的星光呵，草地上那遍地的芬芳！那矿难的闷雷呵，那撕心裂肺的号哭，那夜的寂静呵，那欲说不忍的疼痛！我不会忘记那样的一双眼睛——那年夏天，我带中学生记者团前往矿山采访，遇难者的老母亲从大山深处的小村庄奔来见儿子最后一面，她的小儿攒足工钱，盖起新房，秋天里就要娶媳妇啦。可怜的老母亲一句话也不说，只是那双眼睛，注满了忧伤，孤苦地望着每一个进进出出的人——空气里叮咚作响的，只有夸父追日的信念，那追着太阳而去的矿工，向着他幸福的方向倒下，留下一片桃花的幻想开在母亲的心上，一层泪水，一层粉红。

“夸父与太阳竞跑，一直追赶到太阳落下的地方——他遗弃的手杖，化成桃林。” 这片桃林终年茂盛，为往来的过客遮阴，结的鲜桃为人们解渴，洒下绿荫为人们驱除劳累，满树芬芳伴随每一个人的旅程。

哦，一双双灵动的梦的手指，在生活的琴键上优美地飞扬；是谁，有这样执着动听的弹奏声，一路追赶着心中的梦想——那样真诚，那样执着，那样坚强，为这世界播种下了一片片明媚的阳光，照亮生活，照亮岁月。

有信念的乐音婷婷袅袅，从灵魂深处响起。生于斯，长于斯，我们是矿山的儿女， 永远播撒光明，是矿山人不变的信念；向着太阳奔跑，是矿山人无悔的箴言。

“与日逐走”，中国矿工编织人生最美好最绚丽的风景；“与日逐走”，播种中华民族自强不息的伟大精神！

缘是一朵花

教了三年的一群孩子要毕业了。人到中年的我，对他们格外留恋。

想是，我已没有大把的时光去浪费，大片的青春可挥霍，所以，此刻，我留恋。

最后一次辅导，我迟迟没有抢到机会上讲台，不是抢不到，可能是并不想抢先。我第一个去的，却最后一个辅导。

终于进教室了。我说："我其实多么不想进来——因为讲完这一回，我就再没机会给你们上课了。"

孩子们睁大眼睛望着我，对着我拍照，录音。

考场上的内容，我都在平时讲过。此刻，我不可能再扯着卷子拼命讲，这不是我的风格，也不是我的做派。

我说："我是和大家道别来了。"

教了三年，吵过的，还没来得及吵的；夸过的，还没来得及夸的，这会儿都不再吵，也不再夸了。

孩子们有无限的时间和未来，三年于他们也许不算什么，但于我，是越来越宝贝的一个又一个"三年"时光——人生也许过半，青春的尾巴也快要抓不住。三年，对我来说，越来越知道珍爱。

所以，我说："我珍惜，珍惜和你们的缘。

“想你们刚入校时，清亮的童音，少儿的身影。如今，多数已变声，人人都长得高高的，抽枝条一般，一闪眼，抽高了，长大了，个个有了青春的气息、青年的模样。

“座位上的许多人，都被我批评过，也被我表扬过。三年的缘分宛如一朵花儿，从结蒂，含苞，到绽放——而此刻，将要凋零。时光的缘，如在我手上的一朵花。这节课结束，瓣瓣凋落，再也捡拾不起，芬芳在心上永留存——这一份三年与共的情。

“我知道，今后的人生路上，你们还会开花——更大，更艳，更美的花，更好地怒放——而这些，我再看不到，但我知道，你们芳香着——想到这点我就会微笑了。

“从此天涯，有的孩子我可能再也见不到，学业的忙碌，生活的烦琐，你们会和我一样，想念我的老师们，却未必都回去看望，心上有，就行了。

“有的人会成功，有的人会平凡，但是记住，要拥有一颗快乐安详的心；生活不会一帆风顺，但是记住，人生是长跑，莫为一时的失意停滞不前。”

说完之后，我微笑地看孩子们坐在教室里，迟迟不愿离开。有的还我书来，有的拿了签名册来，还有的说：“老师，我们会回来看您的。”……一双双眼睛静静地看我，闪一下，闪一下，清清亮，我也回看，悄悄地，看过去，看着她、他、他们……

我笑了，离开，刚到办公室，就有信息追过来——

“老师，我是谁谁谁，您存着我的手机号好吗……”

“老师，我想跟您合影，几年之后，几十年之后，我还回来跟您合影……”

我的眼睛湿了。

校园里举行告别仪式的时候，我没有去。让那一层楼、一层楼里的学弟学妹们送他们吧，让校园里的楼梯板凳，还有他们打扫过多少遍的卫生区——送他们吧。

我是一个多情的人，也是一个眼窝浅的人——此刻，我还是做一回无情的人吧。

眼睛湿了，又干，干了，又湿，我强坐在电脑前敲打，听着空气里音乐弥漫和浩荡的欢送声，思绪一浪一浪的，想起对他们中的谁骂得太狠了，想起对他们中的谁训斥得还嫌不够，想起……

想起，他们——小小的人，长成青年，步入社会，他们中的这个或那个，从今往后的日子里，会经历难挨的磨难，会咬紧牙关忍受痛楚，想起他们以后会欢笑满怀，也会泪流满面……我的心，甜一下，酸一下，乐一下，疼一下……

午饭还没做好，我的QQ收到留言——

“老师，找不到您啊，看不到您，您怎么不来，我的心汪洋一片……”

有人说，哭惨了……

有人说，真就毕业了吗……

我担心影响他们考试，他们说：“冷静下来，我们更有力量……”

亲爱的孩子，请按时长大——如果我的牵念，让你们迈不开脚步，那么，请你们忘掉我，大步朝前走！

缘是一朵花儿，飞散的一刻，凝聚成情意的琥珀，恒久远，于岁月的河。亲爱的孩子，你们是我今夏的琥珀！

第三辑

开满鲜花的鞋子

缘分，宛如一朵花儿，从结蒂，打苞，到绽放——时光如水，瓣瓣凋落，而芬芳在心上，永留存——你是我心上的琥珀……

监考员的临场发挥

每到春光大好，我们便有许多监考，会计资格考试、自学考试、成人高考招生考试……也有招工考试，等等。

看着窗外阳光明媚，春风荡漾，春色醉在眼睛里，却不能伸手去触摸，跃身去捕捉。无奈，监考也是学校承担的一项任务；无奈，监考也是为师应当承担的一份社会责任。于是，便不能请假，也不能告退。

春季阳光正好的时候，几乎每个周六周日，我们坚守在教室里，遥望操场上草地里嫩绿如梦，遥想家人正在近郊的哪个位置，向着春风，看桃花的笑靥粉颊，赏麦苗的青裳绿衣舞，听鸟儿吟咏春天多美好……和风秀色，鸟语花香，我不能看得，也不能听得。

看着参加考试的人，大多是春天一样的年轻人，他们在试卷上喷流如涌地发挥才华，我也恣意拥抱我的监考感怀。

我最关注的不是他们的考试内容和答卷上的答案，我最喜欢窃看的是他们的草稿纸。他们演草考题之余，演草更多的是他们的心迹和思绪，那有意无意的涂鸦，委实是他们一颗颗心灵的草稿。我乐意看，看了还琢磨、揣测、推理、演绎，演绎成一朵一朵生命的春花，一束一束人生的春色，一缕一缕青春的春光。

一位考生，白白的草稿纸上，除了姓名、考号和座号，就书“衣袂飘飘”

四字，看着美观又淋漓的字体，追逐背影望去，是一清秀靓影，想必衣袂飘飘是她最爱的境界——衣袂飘飘，心情也飘飘，情意更是飘飘，飘在青春的想和梦里，飘在生命春天的旗帜上，是不是也同时飘在一个、几个男生、男子、男士的视野和心怀呢？该成就一阕还是几阕“你侬我侬”，或是“恰同学少年”，还是“同比翼，和云翥”，抑或是什么样当代版的“在水一方”或者“云水谣”呢？……我不再想。

我接着看，接着想，也接着赏：

——是一个恋爱中的小男生的笔迹了，因为草稿纸上描来描去的是一个女孩子的名字，犹如画“蔷”的那个《红楼梦》中的小戏女，旁边还写着一句佐证：“我知道我考不过去。”翻着他的答卷，果然，空白，大片的空白。明显地，他在热恋中，更准确些判断，他是在单恋中吧——眼神游移着那么一丝凄风冷雨。看来他既考不过当下的这场测试，也没考进爱恋的女孩子的心里。他神情冷淡，面容落寞地交卷，走出考场。我好想冲过去，拍拍他的肩向他说：“小伙子，振作些！”

“天涯何处无芳草”，世上男男女女总要蹚过这条河，对于考场里的这个小伙子来说，当下就处于一场无缘的“情劫”之中。可是，小伙子，真的，别太因此耽搁了青春的行程啊！

我体会着小伙子的难受心情，也期盼着他快一些过关斩将，冲破自己的心茧，冲进情感和事业的艳阳天。瞥一眼他离去的方向，满含了我的祝福。

接下来看到的演草纸，让我浏览时代生活的信息图，上面写一句“天行健，君子以自强不自息”，想必是他的豪气和心劲——彼君之座右铭也！

有一个在上面画了一只大茶杯，是灵魂在饥渴中吗？实在是任我想象！

也有写歌词的，画高音符号的，还有描一堆黑墨的，想必是蒙紧了的心事，是要“独向寂寞”，还是在表达“沉默是金”？

……

望着窗外春色正好，看着手中春色也正好，我知道自己正“临场发挥”着解读这一点一滴的心灵秘语。本是人间更美丽的一种春色，不管是红是紫，是咸是甜，皆是生命的味道和人生的姿色。

我不再局限地想自己只能干涩涩地监考，不能亲身浸染春光了，因为，我的临场“发挥”就是把春天里生命的一缕叶脉咀含在心。

“小确幸”知多少

不沾流行，却也在流行中。一不小心发现很多“小确幸”，只好用这个正流行的词语，把它记下来。

凡人俗事的生活里，小确幸确实很多，为什么我们平时没发现，是少了感觉。经了村上春树的提醒，攀比中共同发现，生活中的小确幸，真还不少。

不是村上迷，却无意中在“当当”上购买了那本他的《兰格汉斯岛的午后》，或是兰格汉斯的诱惑，或是午后那份静谧迷我，我入迷在一只只小蚂蚁般的小确幸。如小蚂蚁的攀爬，点点滴滴的快乐美好，痒痒痒，在心头，我不觉噼里啪啦地按键。

一通电脑按键噼里啪啦，这是我的一份小确幸；百无聊赖的时候，搜索一下当当网，当当送来一本书，也是一份怡心之乐；匆匆忙忙地走，不只是走，而是在跑，接送上下学的孩子，蓬头垢面而不顾，也是一份幸福……

这样的小确幸果然多，多如TV小广告，不时地插播在生活、工作的剧情里，绽放如虹，如星星，亮了心怀和情怀——

闻一闻儿子的小脚丫，臭臭的，很香，是花果山一般的幸福感。

给妈妈买一件新衣，被老人家骂几句“都这么老的人了，想把我打扮成妖精”诸如此类，听来比歌星演唱会还入耳、入心、入肺。

过问女儿的功课，被翻一下白眼，不屑地答我“要你操心，早完成啦”，亦是美妙佳音。

儿子冲我大吼“You are on my way！”原来我挡住了他的玩具车，还是幸福又Happy！

大风里，去签购房合同，途中手机被人悄无声息“窃”走，却又恼怒万般地还回来：“什么破玩意儿，还你！”我恍然明白，悄然收起，轻轻作答“祖传的”！

晌午，真的有贼来访，拎去电动车的新电池。我索性在片片褴褛的电动车唯一一片不褴褛处，贴八个金闪闪小字：“廿载古玩，原件配送。”数日终于有身影仓皇推走，讶然开怀，电池盒里一只流浪猫的腐臭，他可堪受——我嘻嘻笑到要倒！

太阳不会落下，月亮却落进井里，有小猴子在猴年马月又开始捞取……我胡思乱想并没有耽误瞌睡。因为睡梦中发现，自己的杜撰让曾经的灵感走投无路，心事指挥若定。我开始明白，醒着的时候想不通的道理，此时“醒悟”——“醒”着“悟”性打开……

群里朋友论厨艺，称我“犀利大娘”，癫狂成举勺晕厥状。

被先生唤一句“达龄肥婆”，幸福得一塌糊涂……

小确幸很多，实的，虚的；往昔的，今日的；有意的，无意的；明的，暗的；媚的，糙的；浅陋的，深邃的；粉的，蓝的；紫菜苔，南瓜秧；青草地，明月光……你感觉它，它在；你忽略它，它也在。

人生便是这样的小确幸穿成串，穿成昨天、今天、明天，过去、现在、将来，心里的暖，它是源；生活的亮，它揿动……“微小而确实的幸福”，不仅是村上大作家把玩他的“内裤”，那快乐和舒心寿司一样地，卷着会心会意，传递在你平淡安然的寻常时光。

小确幸，以你小确幸的心思，品味咂玩，它随处洋洋洒洒。眯了眼，醉啊醉。荒废的，浪掷的，更有那小确幸……

此刻，敲打完这一串电脑键，我又把一份小确幸拈入心囊。随后，花一个冬日午后，晒晒我囊中的小——确——幸，那静的阳光，那静的风，是它的丰姿，韵了我寒雪里的树，我的午后，我心上的兰格汉斯岛……

怀着一颗童心

爸爸是一个快乐的人，妈妈说他有一颗童心。

在那物资匮乏的年代，爸爸是一个连啤酒都不舍得喝的人，但是爸爸会给我们购买音乐会的门票。那时还没有人称这是精神贵族，把门的陈爷爷摸着小弟的脑袋说，瞧你爸爸烧包的，又半个月的菜钱没了吧？陈爷爷还会说爸爸是“光着屁股打花鼓，欢乐一会儿说一会儿”。爸爸笑着，不说话。这个时候，于我们是最欢乐的时光，我们看到可以跟人“吹嘘”的音乐会，那些悠扬的声音让我们忧伤时欢乐，烦恼时安详。从那个时候，我开始喜欢“不一样的东西”，喜欢听古典乐，妈妈说爸爸有童心。少年爱转文的我，在作文里写爸爸有一颗“高雅”的心，爸爸看了，笑得跟听着音乐，跷着二郎腿，喝他喜欢的浓茶那么惬意。

那时候元宵节看花灯，是一项壮观的民俗活动，也是难得的群众娱乐，因为文化生活欠丰富，每次观灯都摩肩接踵，拥挤得水泄不通。爸爸每每都会号召妈妈带我们姐弟去观赏。我最难忘的是那黑压压的人头丛中，爸爸会高举着棉花糖，或者冰糖葫芦向我们挥手，那份快乐和幸福，太奢侈啦。每当此时，姐弟几个雀跃如小鸟，依向爸爸这只老鸟，老鸟挥着长臂护着我们，甜蜜的哪里只是棉花糖和冰糖葫芦呀！最好玩的谁也想不到——爸爸还会在元宵节灯展的某个子夜时分，把我们叫醒，带着几个高高矮矮的孩子，到闹市观灯——

此时的灯市，依然灯火通明，却寂静无人，与两三个钟头前的熙熙攘攘完全不同，那灯的辉煌也是静谧的，每一盏灯都很安详，没有声息。随你观，任你赏，再没有人挡了你的眼，遮蔽你的视线。那畅快，那舒心，要多么敞亮，有多么敞亮——于是，我的观灯作文也自是与众不同，同学们开玩笑地说，没人敢于“苟同”，因为他们的爸爸妈妈没有这么“疯狂”。我快乐地向人说，我爸哪里疯狂，是我爸怀揣了童心，陪伴着我的童心。

那时候的水果也是稀少的，爸爸每次出公差回来会给我们带稀奇古怪的水果和零食。记得我第一次带柚子分给同学吃，我们班最美丽的丽丽同学拿着柚子瓣问我：“这咋吃啊？”我赶紧剥去皮放在她嘴里。四川怪味豆，麻麻辣辣中还有着甜丝丝的香味，伙伴喜欢得很，瓜分的快乐至今仍在眼前。在我读高中的时候，学业压力那是相当大了，爸爸会在早起散步的时候，摘取一朵又白又香的玉兰花或是栀子花给我，清香扑进鼻子，也洗去满脑子倦息，那细腻的嫩白，那纯净幽馥的香味，此时还在我的鼻尖弥漫——爸爸的童心是这种芬芳。

爸爸的童心还像老小孩、老顽童一般可爱。有一次他在学校门口停车，只为送一个青青的小山桃给我，他笑眯眯地拍窗户，叫出我，悄悄变戏法，变出一个小果果在我手上，然后慈祥地笑着背起手扬长而去——“帅呆了，老爸！”

同学问：“什么帅呆了？”

我答：“我老爸的童心帅呆了！”

亲爱的爸爸，可爱的童心，甜蜜的记忆，幸福的回忆——皆因了爸爸那颗童心。

怀着一颗童心，是爸爸安放在我人生路上的习习春风。

把这春风吹开，洒进每一颗童心，吹绿、吹醒更多的心岸。

走进考场的孩子

这个夏天，高考如约来到：“月亮在白莲花般的云朵里穿行……”美好清亮的音乐放起来，路过校园门口。我看到，那么多的孩子走进考场去。

想起，多少人，甚至几乎每个人都曾经走进那考场，或者，曾经想到过，走进那考场。

思绪倾盆而下，我想起——多少人，看到这一天的人潮和车流，会想起，自己也曾经在——那一天，走进考场去——

那一天走进考场的人，带了多少牵挂，多少祝福，多少期盼——

那一天，我走进考场，带着爸爸妈妈的愿望，他们希望我有个学上，然后有份工作，然后，好好度过一生。

爸妈没有太多期望，不能替我设计人生和安排一份工作的他们，指望我自己安排自己，他们没有太高太多的向往——照顾好你自己就好。

我走进考场的时候，不紧不慢的，当时铃声响过了，我的老校长在门口巡视——其实每次考试他都这样，在校门口张望转悠，看看他的孩子们，看看每一个来考试的孩子是否顺利进入考场——“已经打铃了，你还慢悠悠的，快点，跑起来。”他对着我喊。

我知道不会晚，但还是跑了起来。

我想象，我的背后有老校长的释然，或者他会猜测，这是一个什么样的孩子，她怎么不着急。因为我在路上已经受到两个阿姨的质疑："这孩子什么都不带，人家可要啥都给她准备好哩。"口气里是一丝浓浓的怨恼，我听出来了，她们也是为我急，为我好。其实她们不知道，我的笔、橡皮、圆规、三角板都揣在裤子口袋里，我一个人上考场，不让爸妈陪，他们忙他们的。

我走进考场，轻轻坐下，答卷，交卷，迷糊地想象，我这一次能怎么样，会怎么样？

我只平淡地想，做我能做的，把会的题都答出来，把不会的再想一想，把半会不会的到最后蒙一个答案也写上。一场一场，考下来，终于考完了。

我喜欢有雨的南方，可我的分数实在走不了太远，就报了一个省内的南方，那里有雨，有山水，有茶树……我去了那里，听了四年鸟声，闻了四季荷香。那里的雨滋润我的青春少年心，令我成长；让我回味，那里的人和事，在我心上。每次睡醒，都有它们在，情感，回忆，快乐，忧伤，幸福的，平凡的，伴随我的工作和生活。

那一年，我走进考场，收获了该收获的，失之交臂的也都是应该的；留下来相随相依的，更是应该的。我感恩，感谢，那考场，那运命，那祝福的眼神，期待的心。

走进那考场的，何止千百万的人？

我的同学琴，一次一次走进考场，她只为走出农村，成为一个有城市户口的人。第一次，她失利了；第二次，她没考上；第三次，考试前一晚太热了，她和同学们一起睡操场，居然让人无意倒在头上一脸盆污水，发高烧了。年纪渐大，年纪本就大的她，终于，不再走考学的路，她南下打工去了，从此杳无音信。每到高考，我都会想起她，想起她的辛酸和我曾辛酸的祝福；想起，冻伤了手的我，曾经怎样被她照顾呵护。她像对小妹妹一般待我，帮我刷碗洗筷子。每到这一天，我都想起她走进考场时青春的背影。

也是这一天，我会怀念颖，她如今在大洋彼岸工作生活。清秀美丽的她，如此聪慧，同学们当时就说，她是上帝的特制品，集美貌、聪明和善良于一身。羡慕她好命的同学们，哪里知道她曾经是一个弃婴，被亲爹丢出去三次，又被不忍心的奶奶捡回家，她从小跟着奶奶长大，她的小名叫“捡”，只因为她是家里的第四个丫头——那一天，她柔弱美好的身影走进考场，心里揣着奶奶的信念，小姑娘照样走天下。多年后，带着洋女婿回来接奶奶的她，让奶奶笑得满脸泪。小丫头，没有想到走得这样远……

有一个农村出来的朋友，他的母亲早年守寡，受尽排挤和冷眼。他说，母亲嫁到他们林家就是供学生，种地，磨粮，送学生。当年送他爹，爹供出来了，却早逝，后来，又供孩子们，年年劳累，种地，打场，磨粮，送学生……好不容易他走进考场，外人却对他的娘说风凉话，老林的夫人作精哩，没那个命，还心强，不怕再供出一个，还留不住……听到这话，他娘伤心地哭了一夜，不为自己的苦累，只伤人心带给她的痛。

朋友说，听到他领回通知书，有人瞪大眼问：“考的啥学？”

一听说，他要上师范，一脸无所谓了：“哦，孩子王啊。”

没想到这个要当孩子王的，阴差阳错，如今是担着政府要职。朋友说，那一次考试，给了他机会，而今，年已八旬的母亲总是心清如水地交代，乡里乡亲的，能帮人家可一定伸把手……

那一天，你曾经走进考场；这一天，又有多少人走进考场？

清凉的考场，酷热的考场，背后的眼神里，几多期待，几多祝福，几多世情？

尽情挥洒，尽情执笔，人生，是一场考试，又岂止是一场考试？天地人心，善良幸福，都是春蚕吐丝一般的给予，结个茧，来自灵魂深处，来自岁月丛林。

祝福你，年轻的朋友，亲爱的学子，今天，你走进考场，走进人生——

这里有花、有草、有森林，有高山、有凹地、有泥沼、有和风也有暴雨，有小河沟也有大海洋，有虫蟒飞鱼，有虾米鲨鳄……

轻风拈着书页，等你认真执笔……

快乐是一杯自酿的酒

周末，初春的河堤上，柳芽新绿，满是休闲的人。

我和朋友青带了孩子同游，走在春风里，看着孩子们快乐地撒欢，小马驹一样奔跑跳跃。青说：“春天属于孩子们，他们的笑容比春天更灿烂。”

“未必，我们也一样阳光明媚。”我说。

青有点倔强地答：“不，我这两天正闹心呢。”

然后，她说如此，鸡毛蒜皮。

我笑她：“别放心上。”

她翻动一双漂亮的眼睛嗔责：“站着说话不腰疼。”

“哎哟——”我哎哟起来。

她说：“怎么了？”

“哎哟——”我愁苦着一张脸。

青的表情也痉挛起来：“要紧吗？”她紧张起来。

“我——我腰疼！”我冲她撑开手臂，捏她的肩，“哎哟，哎哟——”

“真的？假的？”

我终于直起腰，又弯下腰，哈哈笑。

青明白，支开我的手臂：“去——装得像！”忍不住的她，笑得“哎哟”，弯下腰——“腰疼。”她嚷嚷，笑得腰疼噢！

“看，看，春风的脸也笑了，笑得和你一个样。”我指着青说。

她俯身还在笑：“你‘装’的一瓶子酒。我当真了，就笑了。”

我点头：“是啊，快乐是自酿的酒。你伤心是这样的天，快乐也是这样的天，为什么不快乐地笑？笑一笑，就会真的快乐起来。”

两家的孩子看着他们的妈咪，也嘻嘻——笑声流转在空气里，花香里都飘散着欢乐。

两个孩子春风一般跑远，穿梭在青翠的树影里。我们的心轻松地在初春的气息里流连。

“其实，发现没有，青，幸福在于心造，快乐也一样。”我跟着青的脚步，半真半假地说起自己，“我也烦着呢，这个春月‘犯小人’，呵呵，管它呢，清者自清，白的黑不了。‘快乐是一杯自己酿的美酒。’这是我外祖母的外祖母传下来的幸福秘诀。”我嘿嘿笑。

迎面走来爽朗利落的大明，我们招呼着，擦肩而过。

“你看他怎么样？”我问青。

“什么怎么样？干干净净，快快乐乐的一个人。怎么了？”青戏谑，“你又不是给人介绍对象。”

我笑了：“还真有必要给他介绍对象。”我给他讲大明的故事——

他是一家企业的小主管，收入在小城来说，算不错的，他那老婆没工作。没工作就没工作呗，还跟别人混一块儿去了，对方的老婆找到他：“大明，你去把你老婆叫回去，我去把俺孩他爹叫回去，叫他俩别混了。”

大明说：“我不去叫她，她愿意跟谁跟谁，我不和她过了。”

“话虽这么说，你说闹心不闹心？她那老婆还吸毒！”

青瞪眼对我发问：“怎么他一点儿也看不出来，那么精神，还乐呵呵的样子！”

“难道，他得天天哭着过，脏成乞丐的样子，才算配得上他现在的遭遇？”

“唉，”青不由得叹气，回望的眼神里，有了另一种意味，“瞧他逛着，是一个人的快乐，背影很孤单的。”

“那是我告诉你了，我不告诉你，你不这样想吧。”

“可是，他心里肯定也不好受。”

“不管怎么样，人家走在阳光灿烂的春光里，人家就够明媚了。”

绕来绕去，居然和大明又遇在一处，他拿了一只大风车，转啊转，他笑着，往孩子们手里塞——“谢谢叔叔，我们要放风筝！”两个孩子拒绝着跑开，举着刚买的风筝到堤岸上去放。

大明笑着要把风车放在我手里，我推开——

“风车能把倒霉转走，把幸福转来啊，拿着它！”大明命令似的。

我和青冲他憨直的样子笑：“你的幸福你自己转去吧！”

我们走开，回望他在春风里站着，举着花花的风车，一脸笑。

我给青介绍“大明格言”：“生活是简单而且丰富多彩的，痛苦无聊的是人自己，和生活本身无关。是否充实、是否快乐，就看你怎样看待生活，发掘生活。”

生活里，大明的格言就像大地上的草，强韧而不着痕迹地密布在生命的行程。

正是草色遥看近却无，两个孩子快乐无比地跑着叫着，把风筝撒进天空，举着电话跟他们的爸爸说，我们养了一条大金鱼，在天上！

养一份快乐在心上。我这样想。

青迈着轻快的脚步感叹：“快乐是简单的，它果然是一杯自酿的酒。”

我凑近她脸庞，张开鼻孔——别人也能嗅到甜美的味道。

春色在小城的河堤上，其实每个人，都可以护一栏春光在心坛里。

初为人师

走在大街上，一样的马路，一样的行人，一样的街景熟悉得使我心惊。想那时，也是这么骑车去学校——是去上学，而今是去教书了。

学校门口，又一次被执勤的学生堵住问：“你是哪个班的？”我无奈而又懊丧，低下了眼睛道：“我是老师。”

“我是老师？”我是老师吗？！自从爸爸去世后，我自己也一败涂地，似乎不想着再站起来。

深夜睡不着总还在想，既然生命短暂，人生在世，就更应该做些什么，为自己，也为别人。命运选择了我，我也选择了命运，那就该抖起精神，把这“为人师表”的殊遇与殊荣一并担负起。

渐渐地，又有一种新的生命力和责任感攫住了我的心，我又感到一种神圣的沉重——为着自己所从事的这“太阳底下最光辉的职业”。

于是，敛起“风雨如晦”的心情和表情，把际遇的“怪味豆”也塞进衣兜，我给我的学生靓丽的笑脸。挤出的“神采飞扬”开始点染每天的课堂，滴滴的真情流露，得到学生最深最诚的爱的回报。

不当回事的慢车赛，学生倒煞有介事地为我跑前跑后；偶尔把“懈怠”不堪的长发变一下，他们会瞪直了眼睛喊：“好看！”早自习没有到，有学生会悄悄问：“老师，你是不是病了？”手指缠的胶布，招惹更多孩子的目光：

“老师，你手咋啦？”下午有一小堆的创可贴放在桌上等你贴；端午节他们送小囊香到我心里……我被我的学生们深深感动。

这些可爱的小青芽儿！哪怕天空中下着刀子，也要给他们明媚的心，灿烂的笑，还有山菊花的清逸。我深深爱上这群纯而又纯的孩子，爱上这份神圣的，沉甸甸的工作。

重新走在街上，我又有了“世界真美”“生活真好”的感觉。

初为人师，我得到的比付出的多！是我的学生唤回我对生活的热爱和勇气，是“为人师表”的职责重新使我找到青春的意义和生命的真谛。

白雪覆盖着我的童年

窗外，下着雪花。

课前学生在齐声欢唱《童年》，“……有张成熟与长大的脸……”歌声里，我恍然发现童年的自己离现在很近，它分明就是眼前的学生。“……操场边的秋千上只有蝴蝶停在上面……老师的粉笔还在拼命叽叽喳喳写个不停”黑黑的小胖唱着这些词在向我做鬼脸。是呵，多少次，幼时我们的课堂上，老师的粉笔不也是格外刺耳，格外多余嘛，我们的心不也是急切地渴盼那秋千上蝴蝶不要飞啊，不要走，等着我下课呵，我陪你玩……我记得弟弟在回忆童年时曾经说道：“重过童年，我会在外面打陀螺，打一天不回家！”

上课了，讲析《从宜宾到重庆》：“重庆这个城市本文讲了几个特点？”我提问认真谛听的孩子们，却发现靠窗玻璃的“小黄袄”正把小小的脑袋扭向窗外，顺着他的视线，我看见白雪覆盖的操场一派圣明！“……重要港口、山城、雾城。”课代表在总结她的答案：“对，对！”不少学生在点着头。

结束了新课，我没有马上留作业。“××，请告诉同学们你看到了什么？”

“小黄袄”怕怕的，忙说：“老师，我注意听讲，我……”

同学们笑了。

我说：“真的不批评你，跟大家说说吧！”

"小黄袄"慢慢站起来，狡黠地眨眨眼："老师我说了你可别生气，我想快点下去，看看我的脚印——刻在双杠下的，还有没有？"

我一激灵来了雅兴："今天的作业，陪××下去看看脚印还有没有，写篇日记！"

其实，我还想说："也帮老师看看，老师的童年是不是还在雪下面盖着呢！"

学生的欢颜伴着下课铃声飞向操场，一如以前我放他们去观雾，去看云彩朵朵的秋日碧空一样兴奋不已。

随着学生，我的思念犹如一只美丽的小狐，从心灵深处溜出，行进在白雪茫茫的校园，捡拾童年的笑语欢声和生命之初最纯真的容颜，最灿烂的遐思，最晶莹的憧憬……

我记得雪中的操场上，有我的第一句诗，第一行泪水，有我燃过的第一堆篝火，放飞的第一个期盼，还有学着闰土撒下谷米招来的一只只小麻雀，以及阳光下、春风里飞扬的马尾辫，蹦跳的蝴蝶花……那时的目光清亮，那时的脚步稚嫩，那时心灵谛听花开的声音犹如柔腻腻的月光叩响第一缕思念般芳香……

童年的美丽是我们生命天地之初的白雪，纯洁无瑕，无拘无束！人生路上，累和无奈的时候，我们就会想起它，用它擦拭心灵，胸中常驻芳华！

白雪覆盖着我的童年，覆盖着每个少年人的梦，每个成年人的想。白雪下的童心是真善美凝结的生命琥珀。它馨香，它璀璨，它在每一个风浪险急的人生港口柔韧而执着地绽放着光芒。

我让学生往沉重的书包里塞进一双小脚印，一朵秋天的云，一株浓雾里挺拔的校园松，只为有一天，或许他们可以沿着它们轻轻走回冰清玉洁的心灵童年。

美丽的小橘灯

冰心老人携了她那盏弯弯山道上的小橘灯远逝了，身后却闪耀着朦胧的橘光无数。淡淡的橘光从我老师的眼眸里走来，驻扎在我童年时的心里，而今，我又把它一盏盏挑入我学生的视野，留存在他们清澈见底的记忆源头，记忆的路有多长，这镇定、勇敢、乐观的橘光就亮多远。

每次讲析《小橘灯》，不同的孩子却有相同的欣喜。他们精心记生字，认真读课文，很投入地随我分析小姑娘的形象。遥想那年月，稚嫩的目光那么情愿、那么自觉——把这缕“照不了多远”的“朦胧的橘光”揣进心窝。每当此时望着他们小嫩芽般葱茏的身影，我会无言，忍不住叮咛一句：“不管什么时候都别忘了这橘光呵！”因为我想到了人生的风雨，想到了孩子们要走好长的路。

授课之后，学生们最喜欢做的事就是制作小橘灯啦！在日记里我清楚地了解到谁回家就向爸爸要了两元钱出去买橘子，谁想尽办法才把小橘碗穿起来的，还有谁扯了一截妈妈的毛线挑着灯，一不当心，烛火将美丽的灯烧成“三脚猫”……清晨，我惊喜地看到学生把做好的小橘灯整齐地摆满讲桌，风铃一样挂遍教室的窗台，一桌子的心灵手巧，一屋子的晶莹童心，我为孩子们的可爱而心惊！美丽的小人儿，美丽的小橘灯，我感到自豪，感到满足，为我从事的工作——点亮小橘灯的工作。

“燃尽青春，点亮孩子们的心。”这是青春之初，我为自己立的盟语；“位卑未敢忘忧国”，是大学毕业定位教育时，我的力量之源。穿梭在操场上孩子们做广播操的队伍里，我仿佛行走在阳光下青翠的小竹林间，分明地听见他们的拔节声呢！看到黄昏时学生挑起橘灯的小模样，我由衷地说：“孩子，你像小天使！”我也会说：“你们是一群不听话的小天使呵，快把橘灯收起来，写作业！”在我这赞美和责备声里，学生们快乐地前行着。

我醉心于橘灯点燃的美丽和孩子灵魂工作的神圣。有学生问：“老师我们能亲亲你吗？”

我不禁笑了，跟小精灵说：“在老师微笑的时候，老师的心已经被你们亲过了。”

我深爱着我的学生们，祈望他们一生都是坦途，一生都如意，可我又清醒地知道，哪段人生都有风沙弥漫的时刻，在他们的留言册上我写道：“有一天，你或许会感到有些累，有些泪，什么都不想说的时候，别忘了老师正燃了你做的小橘灯，等你……”为师的力量微弱，能给予学生的极其有限，我只能这样备下一个“紧急出口”以待他日无处可去的孩子的心吧。

我的学生们呵，多漆黑的暗夜要让心记住，你小的时候做过一盏多么美丽的小橘灯啊！

放牧心灵

我喜欢在乐音叮咚里读书，我喜欢在夜深人静时读书——忧伤着读书，忧伤渐没了；欢乐着读书，欢乐变多了。我喜欢秋风乍起时读书，我喜欢桐花开时读书——书页砥砺心志，书馨香涤魂魄。小雨里读呵，眼中有诗意；清风中念啊，长发多飘逸。玫瑰花下读，青春披霞彩；大江之畔念，岁月永不老。

月下李太白，潭边柳宗元，桃花林中遇陶潜；田间秦罗敷，垄上飞鸿鹄，闹市有文君与相如；划时光小船，沿勇者足迹，依智者牵领，立碣石观沧海，看黄龙痛饮，品寒江钓雪，悄然入阿房、访病梅、聆听少年中国说，静察祖冲之长须里的智慧，思忖圆明园里冲天的火焰。我的桌案上，刘胡兰和贞德目光如水，交谈她们对足下土地和身边亲人的热爱；“铀”和“镭”的经历昭示“戈多”无须等待；徐氏奔马倚着凡·高向日葵小憩，稻草人和小人鱼互诉心曲……书中世界是我心灵草场，我的魂魄可以在此自由飞翔、恣情歌唱，颠簸在红尘的我的心，也可酣畅地把酒临风；摇曳人世间的我的情，亦可随处酣眠入梦……

而今，满怀激情把这一切讲述给我的学生听，引领着这群冰清玉洁的灵魂来此看云卷云舒、赏花开花落、识白云苍狗、学会把春天的耳朵叫醒，让梦的翅膀伸展，我衷心希望我这位平凡的牧者，借着这神奇的草场放牧出颗颗鲜活的心，塑出个个芳香的魂——成长为日后的勇者、智者、伟人，以启动昌盛无比的国运，丰沛美好的人类幸福。

静静的教室里笼着书香，我有一种为祖国放牧未来，为人类放牧繁荣的幸福感和神圣感。我不敢对我的工作有一丝一毫的怠慢，因为读书与教书哪是我一己的事呢！

放牧心灵是快乐的，寻觅草场和选择草质、草量、草种，以及对心灵的无形引领和调控都是艰难且须万无一失的，而这一切都是悄然无声又纷繁复杂的。

织工疏忽毁一线一巾，或者可以重织， 铸者大意损一铁一钉或者也可重铸，然而牧者呢，尤其牧的是人心呢？白驹过隙，人一世，去者可追吗？

闲暇时，我喜欢和我的学生聊天、聊书、聊心得，业余我常常带着学生在操场谈书、论书、读书，我要知道他们每一个人心灵的轨迹和所在的草场位置，我的牧鞭是爱和尽可能无微不至的关心。

如茵的草坪上，孩子们坐成白云朵朵，《白比姆黑耳朵》让他们领略世间的挚情和忠爱，《鹰王》给他们飞翔的勇气和思索……

那个课堂上就常溜号，画各种汽车的小车迷，这会儿又不安分了，干脆我和他一起设计“东方豪情”的新款式吧，也请教他“奔驰”和“宝马”保护装置的问题，可他得听我说说这些个车主是如何起家的，同时读读《车王》这本书，写篇日记告诉我，他要成为怎样的车王；一袭白衣的小妞妞在悄悄对着小草练表情，轻轻跟她说：“风儿捎话来，长大是位表演家，这会儿读书不能当表演哩……”

看着春风里他们笑得鲜艳如花，我的喜悦犹如浩荡着穿越草原的风。我跟学生们说："有一天你们走远了，我也能闻到你们心里飘扬的香。"学生们眼里的问号大大的："不信不信，老师也吹牛！"我说："傻孩子，是书香啊，和老师一起读的书谁能忘？"

芬芳的蜡梅花

天空飘着雪花，和雪花一同落在我手中的还有朵朵芬芳的蜡梅花——是几个学生随信寄来的，我不禁带着微笑想起那群学生……

三年前的冬天，学校临时安排我接管初三的一个“差班”。

一进教室，我就看见靠门的小书桌边缘刻着一个“恨”字——而且右边多了一点，我知道这是一群“恨错了”的孩子。我笑了，我微笑着说：“孩子们，我有一个难题，请帮助我解决。”他们停住了嚷嚷，睁大眼睛望着我，眼神很丰富：有吃惊，有冷漠，有怀疑，有猜测……这么多样的眼神一齐注视我，我也有些慌神，不由得歪了一下身子。我掩饰地清着嗓子说：“我做教师有一个致命的弱点，那就是我的咽炎愈来愈严重了。我今年三十岁，可我的声带却未老先衰，恐怕有三百岁的年纪了。”听到这里，他们中不少人笑了，有情不自禁笑的，也有故意大声呵呵的，但我发现他们的表情里没有恶意。我放心地微笑了……

接下来的情形可想而知，他们卖力地献计献策，一一道来，我一一点头说“试过了”。最后，他们有些泄气，有的已开始“脖子扭扭、屁股扭扭”。我想我得实施我的“底牌”方案了，否则这只能是一场疲软无效的“情感搭讪”。突然，我听见大胖说：“我知道一个方法，就是用蜡梅花拌蜂蜜……”这就是我要等的那个孩子，他终于发话了，我早知道他是这个班的“七寸”。

我说："是吗？这个办法倒还没试过……"

窗外，飘着雪花，我和这些孩子的对话也像雪花一样落进彼此的心里。显然，他们开始配合我，"帮助"我了。

其实，我只需要他们的配合，并不指望他们的"药方"。事实上，他们在卖力地"帮助"我，也许是放弃了"上网"和"打架"的时间，他们穿越小城去为我寻找新鲜的蜡梅花……

有一天，他们的小"神探"跑来对我说："老师，大胖领着我们找了好几天，找到一片蜡梅树林，我们摘了一些在家晾着呢，等干了给你拿来。"我呆了，始料未及地想他们可别"毁林"啊。

我悄悄叫来大胖，谨慎地想着措辞，不想大胖挺"诡"，一听就明白了，大声大气地说："老师，那是一片没人管的废林子，正改建，快挖没了，再晚了就摘不到了。"我将信将疑，拨通在报社工作的朋友的电话。他索性带我去实地考察，果然大胖的话属实。这是一片荒园，就"藏匿"在学校附近，很像鲁迅笔下的"百草园"，本真的自然景色让我很动心，思忖着：哪天带学生来游一回。

一个漫天飞雪的周末，我不经意地发现门口小书桌上的错字"恨"被抹平了，旁边画了一颗心，里面刻进一个"爱"字，我激动了，在班里宣布："放学后踏雪访梅去！"

大胖喊："我带路给老师摘蜡梅花去！"

雪花、梅花，孩子们的笑脸、欢声，浩浩荡荡地欢腾在那片荒地，缕缕的芳香缠绕着我的眼耳口鼻，我快乐着孩子们的快乐。那一刻，我真实地感到这群孩子就是一朵朵美丽的蜡梅花——你闻不到他们的芳香，是因为你还没有走进他们的心里……

花香太浓了，弥漫在眼里，我有些禁不住想落泪了，哦，这芬芳的花儿，芬芳的孩子！

今冬，又飘雪了，看着手中他们寄来的小小蜡梅花，我分明闻到他们心灵里散发的香，我想说："此刻，我陶醉。"

相约石榴红

石榴花开了，一册书讲授完了。赏析过附录的10首古诗，望着学生们石榴花一样热切的眼睛，我有些意犹未尽，拈起白白的粉笔，在黑板上写道："附录的10首诗，你最喜欢其中的哪一首，哪一句，哪个词，哪个字？请以此为题目或话题写一篇600字的文章。"

孩子们开始喳喳，又新奇又惊讶的样子，有张小脸仰着："老师，不会定题目怎么办？"我于是举例："比如'云从窗里出'和'落花时节'，这分别是吴均的《山中杂诗》和杜甫的《江南逢李龟年》中的字句。"然后，我又说："也可以学学赵师秀，以他的《约客》为题目，写一篇现代少年版的'约客'……"

"也跟他一样，约客不来，闲敲棋子吗？"

"可惜没有灯花可落，只能是落灯泡了，哈哈！"孩子们议论着，大声地笑。前排的小胖一激灵："有了，老师，我写'约'，写你跟我们的约定！"

我一下子想起来，中考他们考了个倒数第一："咱们一起卧薪尝胆，若是期末还是倒数第一，我就不教你们了，在家'歇菜'！"

他们立时急了："啊——不！！！"

"'不'也不行。"我瞪着眼，一脸嗔怒。

"快别说了，赶紧学吧！"课代表喝令道。

作文写好了，本子交上来，我看到他们写得异彩纷呈，只有一个题目有重复，就是有几个都是写“约”：“老师，你说的不会是真的吧，你是为了刺激我们努力学习，是吧？”

“老师，我很努力啊，你不能‘倒洗脚水连孩子也倒掉’，这是鲁迅先生的话，你也不考虑他的意见吗？”

“老师，我、莹、灿、晗、达、璠，我们是你的作文天使，也不要我们了吗？”

……

其实，这个班的孩子们很聪明，理解力强，思维也很活跃，就是纪律性差，又懒于记忆，考查背默识记的题丢分严重，中考跌入“滑铁卢”。我不看重分数和排名，但他们疏于较真儿，也不屑认真的学习态度令我担忧，所以我便出此“狂言”，压他们一压。

一压果然奏效，附录的10首诗，没费一点儿口舌，就齐刷刷地全都会背，会默写了。

我在他们的作文评语中斩钉截铁地写：“跟你们的约定是认真的。”

有一天，课代表也忐忑不安地问我：“老师，这是真的吗？”

“当然是真的！”我爽然答道，“没见人家美国总统还引咎辞职嘛！”

“可总得有倒数第一啊！万一……”课代表无奈地欲言又止。

我却笑着不睬。

石榴花落下，石榴小小地挂在枝头的时候，期末成绩出来了，他们居然以0.01分之差，仍然输在原地。我傻兮兮地连看十遍都不信这是真的。我不能爽约！可我怎么守约？！

石榴树在我眼前一片红一片绿，大片大片地晕进我眼里，我的脑子也晕得红红绿绿。我伏在办公桌上，双肩都失去了支撑力。

突然我的右肩被轻轻拍一下，扭脸，是教务主任，旁边站着我的课代表。一沓红红绿绿的纸汇在我的脸前，是孩子们的“退学申请”：

由于学习不力，逼得语文教师辞教，现恳请退学。

清一色的语句，我惊疑地看着课代表。

“你不是说要是还倒数第一就不教我们吗？”

“我还没开始不教呢！”

“那你说是真的！”

“我有这么小气吗？就差0.01分！”

“那你还教我们！”课代表诡秘地笑着跳起来，冲出去，然后回来冲教务主任鞠躬，又冲我弯弯腰。

教务主任呵呵笑起来，跟我说《大教学论》里的一句话：“请不要立刻感到灰心，因为在一切事情上面，种子先得撒下，然后才能逐渐生长。”

我也轻松地笑起来，因为有了台阶可以不用守约。同时想起校园里的老园丁也告诉过我，小石榴树苗得成长三年，才能结下大石榴。

石榴花开红艳艳，我期待石榴红。

眼神不好的老师

渐渐地，这个学校的孩子们都知道了：“这个老师眼神不好，轮到她监考要注意点！”

每当走进考场，秦小若老师分发试卷之后，第一句话，就是：“大家看到了，我是一个眼神不好的人！”

她会示意学生看她的近视镜，接着说：“我眼神不好吧，心神也不好，谁要是做了模糊动作，我记下来，还不告诉你！也许会出现冤假错案；出现冤假错案吧，你找我，过后我又不认账。”顿一下，她再说，“所以，请同学们避免模糊行为，避免咱俩都犯错误。”

秦老师说得很诚恳，考生们听得目瞪口呆。打算作“文抄公”的，打算作“长颈鹿”的，只好都收了心，重新打算，暗自想：“倒霉，遇到个不讲理的。”

考场秩序绝对好，秦小若老师屡试不爽。

也就每每如此，发布考前“演说”。

久之，不消她自报家门，拿了试卷，走向考场，远远就听见通风报信的声音。“喂，注意了，那个眼神不好的——来了！”要么说：“心神也不好的老师啊，是她，来了！”

于是，考场一片肃静，静静地坐着，静静地答题，师生相安无事得很！

几年下来，在一个教师节，秦小若居然在传达室看到一个信封，师傅说放置很久了，没人拿走，上面收信人写的是：“眼神不好的那个监考老师收。”

秦小若“呵呵呵”地窃笑，拈了来拆开，只能是写给俺的了。

果然，里面是贺卡，写着：

我们曾经是三个心里生贼的学生，感谢您的眼神不好，心神也很糟——感谢您，吓跑了我们心里的贼，人生的考试中，我们再不左顾右盼。

下面画了三颗大大的心，心的空处，写了三个“贼”。秦老师快乐地笑，原来是三个长着贼心的。

一抖，信封里又骨碌出两个小圆球，捡拾起来，微一用力，手指触得小球直叫：“我是贼胆，我是贼胆！”

再一用力，小球竟然张开了，里面是两张小纸条：

您的眼神很好！

您的心神更好！

秦小若不再笑了，沉静地站着，心里盛满思索和感动。

再次走进考场去监考，秦小若更加认真和郑重地说：“大家注意了，我是一个眼神不好的人……”

这个眼神不好的人啊，管得住每一颗小小的，那贼心，那贼胆，多么美妙！

甜蜜的语文课

像小驴子拉磨，我将三年前的初一新生送往高中，又转下来接新生。告别的时候，拿了初中毕业证的学生们同声说难忘刚入学的那堂“磨刀课”，难忘你第一天“轻轻地告诉我”的那些话；暑假出游，不同的异地，他乡两处遇故人——皆是我的学生，居然十多年后，他们共同怀念我曾经给予他们的一粒糖，看着他们长大的、成熟的、经了风尘的，我已认不出的脸。我感慨万端，想着自己当年的不经意，让学生们如此感念，颇有了更多的动力——给新学生上第一次课要给他们发一粒糖。

开学了，又要接新生，早早地跑去买来一包阿尔卑斯香浓牛奶糖。

9月1日的清脆铃声响起，我的又一个第一节语文课开始了。迈上讲台，郑重开始我自称为“磨刀课”的第一堂课。无非是和新生认识一下，也让他们认识一下我，和我赖以“维生”的语文和语文课，来一个“轻轻地告诉你”。告诉你语文是什么，怎么学，换言之，我就是个教唆员，教唆我的学生们爱上“口语”的语，爱上“书面”的文。我还是个引诱师，引诱他们踏上语文的方舟或称贼船。所有句中的贬义词都是一个曾被叫作“大嘴怪”的可爱小男生口授，另一个被叫作“甲骨文”的淘气小男生手书过的班级大字报中，使用过的“抨击”语。

可是，他们戏谑的抨击给我一种更新的劲头，让我重复我的“伎俩”。

每每接新生，我说完叶圣陶先生关于“语文”的定义之后，还是忍也忍不住地，口吐莲花地给他们转述下面一段话：“语文是炫目的先秦繁星，是皎洁的汉宫秋月；是珠落玉盘的琵琶，是高山流水的琴瑟；是‘推’‘敲’不定的月下门，是但求一字的数茎须；是庄子的逍遥云游，是孔子的颠沛流离；是魏武帝的老骥之志，是诸葛亮的锦囊妙计；是君子好逑的《诗经》，是魂兮归来的《楚辞》；是执过羊鞭的《兵法》，是受过宫刑的《史记》；是李太白的杯中酒，是曹雪芹的梦中泪；是千古绝唱的诗词曲赋，是功垂青史的《四库全书》……”

我还会“口吐枣花”地跟学生们说，语文也是《天工开物》，是勾股定理，是圆周率π……因为它可以推理，可以记录，可以求证，可以传承；语文还是你的绅士风度，你的回眸一笑，你的一抬手，一张口，一点头，一举足……的确，语文可以为你的生命着装，为你的灵魂上彩，它是你人格的风、雅、颂，生活的赋、比、兴；语文，对你来说，也可以什么都不是，但转弯抹角都离不了它，每一寸生存的肌肤都有它，每一缕活着的气息都含了它，每一刻行进的步伐都要踏住它……它是一盏灯，你可以没有它，它也耀着你，但你只能在它的背影里，有了它，生命亮着，心才亮着！

语文啊语文，它在你的生活里，生活本是“大语文”，所以有“处处留心皆学问，人情练达即文章”，所以有“文学就是人学”“文学就是生活”这样的说法，渗透在真理的大街和小巷，穿梭在哲人密密聚首的大街和小巷。只沾了一点点语文之熏香的我，年年等在安静的三尺讲台，等着你走来，只为轻轻地牵了你的手，悄悄告诉你语文的芬芳。语文课的甜蜜，让我带你来品尝！

然后，我会煞有介事，郑重地说：“闭了你的眼睛，我给你传授学习语文的妙方。”

安静的教室里，几十张屏息的小脸，憧憬地猜想，我迈着风的步伐，迅即，六十六双小手里，各有了一座“阿尔卑斯”，打开它，里面有宝藏。学生们欣喜不已，惊奇地发现语文课的尽头竟然是一粒牛奶糖，纷纷剥开，放进口里：“什么滋味？”

“甜！”

“香！”

“又香又甜！”

“香香甜甜是兴趣，兴趣如糖粒，是灵丹是妙药，是学习语文的兴奋剂，跟我来，吞下它，把它融入血脉，嵌进生活。语文之道得矣，大成可期！

“记住吧，孩子们，这就是语文课的滋味——甜甜蜜蜜！喜欢它，和它做朋友！

“语文可以幽心境，静灵魂，丰饶岁月，富足时光，平和神情，安详心态，让你的身影‘腹有诗书气自华’，让你的日子有静有动，动是歌，静是诗，让你的生活张弛有致，张弛皆是华章典篇，让你人生的风景素华叠嶂，叠嶂里尽显大象无形，让你生命的境界深水静流，静流间奏响大音希声……

“语文之学，博大精深永无止境；语文之法，听说读写思悟，多听、多说、多读、多写、多思、多悟。要遵、要听、要尝试，你就能登上语文的阿尔卑斯山脉，甜蜜在口，收获在心，博大荡眼眉，精深漾魂魄，涤人生行程洒一路繁华，浥生活天空流溢缤纷霞彩。”

我还想说：“有一天，你会哲思霜满地，志趣满山冈，漫山遍野的红叶。悄悄回忆时，你的甜蜜也多，甜蜜的回忆里，我得意地笑！”——可我突然不说了，因为我看到，一群孩子，甜蜜得仿佛灵魂要出窍。我止住了口，看——看那些开出了窍的灵魂，如一只只小蜜蜂，趴在语文的山巅，陶醉地吮吸，吮吸天地间人类的百花。

我备好一粒糖，等你来……

假日野人

放暑假了，去乡村。在田园，在山野，自由自在，大把地浪费时间，是一种享受；挥霍大把时光，糟蹋成堆光阴，让我感到云淡风轻，做这样的假日野人——山野之人，我喜欢！

山青青，水碧碧，田野是我的别墅，我在这里栖心、栖魂、栖精神，心高歌，魂飞扬；神清清，气爽爽；天朗朗，云淡淡。

山风是我的知友，和它聊天、聊地、聊山水，天变高、变蓝，地开阔、辽远，山水兴致高酣，浸润心野，天地和山、水便顺风顺水地涌向胸襟。

此时，坐在日子安好的小屋里，怅然明白“云从窗里出”还可以有这样的含义：胸怀天地，天下的白云便在胸中，自然随心流溢，于是从安居的小屋里翻卷出窗外，孰又分得开哪是天地流云，哪是心上闲云，遂明白“云从窗里出”，原来可以先要“云从心上出”，快哉！

一垄一垄的芝麻，叶绿绿，青荚繁多；一片一片的玉米，干青青，棒米硕硕；一田一田的花生，圆圆的叶像饱足的笑，隐瞒不住怀抱的颗粒似的；一亩一亩的红薯，蔓延的茎又长又肥，厚厚的叶牵引着想象，想象它的块根怎样大大香甜？

还有畦畦椒，架架茄，丛丛野菜，树树野果，满眼的苍绿，望不尽的滴翠……行走在这样的田野，这样的山坡，有轻风吹，有暖光照，于是心上满是风光；又想到，有田，有土，有予，就是这个“野”，似乎是拥有了这个字，心喜欢得嘣嘣的。

假日里，这样靠近田、靠近土的自己，就是一个“野”人啊。假日野人，名副其实也！

在山野，吃野菜，采野果，摘野石榴，捕山鸡，食野味……并且——神奇至极的是见到了屎壳郎，这厮，这罕物，几十年没见过了哩！凡此种种，又有很多的趣味，便对着手机给城里的朋友们勇猛吹嘘一个个“野趣”，野地里站着，风凉凉的、爽爽的，不停地补一句“野风”吹着比空调要好得远，就像鲁迅说的“比桑葚都好得远”，朋友迷迷地问：“我也在乡村待过，怎么没有这些感觉，莫非你所在的乡村真的与别处不同？”

弄得朋友们也跃跃欲试，好像一个个都没有下过乡似的！追问：“野人你何时回？”哈哈，这边的我将要笑倒，谨答：“野人还不想归！”

如同一只野猴子，尽情撒欢；如同一只野蚂蚱，随便跳跃；如同一只野麻雀，恣意飞舞；如同一缕野草的香，心任意停存于天地……

大地不责怪我的张扬和疯癫，无言无语里，我被它震撼；大地也无怪我的打扰和痴狂，无色无嗅里，它将我的灵魂悄悄折服。

忍不住地，我将心轻轻地停泊在它怀里，和天地一同深呼吸，呼天地之妙，吸天地之萃，呼吸岁月深处大自然那缕销魂的芬芳，呼吸大自然尽头岁月那份怡人的清爽。

大地散发的这一种沉默的气息，我为它深深吸引，沉醉在它的静谧里，安详爬满心灵的山冈。我体会到时光深处的大音希声，大千世界气象万千，万千的气象遁迹为无形，似乎顿悟，似乎了然一些那“法自然”的真谛。

携“法自然”归，撷山野之风回，朋友们赞，不枉假日，不枉山野行。遂规往，曰：“假日里，也做野人去！”

为梦拉纤

儿时，父母最早教会我的一行字是“知识就是力量，知识就是光明”。于是，年幼的我就总撵着爸爸要知识，嚷嚷：“给我知识，我要长力量，我要放光明！”

爸爸不停地解释，却安抚不了我，只好说：“去上学吧，学校里的老师是最有知识的人”！

到了学校，盯着老师神奇的脸，我静静地坐在座位上等着老师给我发如面包像麻花的“知识”，心里止不住地想“长大了，我也要当个天天给人家发知识的人”！

后来我终于明白“1+1=2”是知识；“ɑ、o、e、i、u、ü”是知识。关于知识的概念我不再懵懂，“做一个天天给人家知识的人”的梦想也深深埋在了我心底。我一直努力着，希望自己拥有最多的知识。

多年以后，我做了一名教师，开始天天给我的学生传授知识。

初为人师，我欣喜、激动，雀跃的心情让我连睡梦中都和学生在一起。我知道奋进中的祖国亟须教育，开拓中的时代亟须教育，我暗下决心：“燃尽青春，点亮孩子的心。”

我付出的汗水，得到孩子们真心的爱，受到学生们赤诚的拥戴；我自足，我欢心，陶醉于为祖国放牧未来的神圣职责里，熬夜早起、耗蚀青春，无怨无悔，心甘情愿。

直到有一天，地球那一面的一位同学写信给我说：“不误人子弟的你，是不是让人家的子弟给误了？话筒里你声音发哑，信笺里你笔墨干枯……你怎么了？”报社的朋友，见到我也说：“就烦采访老师，一写就是工资低、晕倒在讲台上！”我良久无言，半晌应道：“如今可好多了！”走出报社，落寞的我拨通京城闺密的电话，她不在，她的同事说：“去五星级宾馆开会啦。”抽出电话卡，迎着大风，呼着充满煤尘的空气，我眯眼望着昏暗一片的街景，明白自己“山沟女老师”的苍凉。我的心第一次失衡了。觉得自己这支小小蜡烛熬啊熬，耗尽百遍又能照亮多大一点儿地方呢？老师是园丁，园丁浇花用水，老师浇“花”得用血啊……

可是，一看见孩子渴求知识的眼睛，一听见学生竹子拔节似的呼唤声，我的怨艾全没了；教师节纷至沓来的明信片，川流不息的人群中出其不意的一声“老师好！”让我所有的不平、不悦一扫而光。教书育人，放牧心灵，做孩子精神的守望者——我喜欢，我愿意。“位卑未敢忘忧国”，损吾身、蚀吾心，我尚无怨；在煤尘飞扬的操场上开会，在钱囊羞涩中度过今生又算什么，况而今中华大地教育春风正起。春风伴我行，我心更坚定。为梦拉纤，不怨不悔！

有一句话，写来与同行们共勉：“有你在，灯亮着；孩子不在黑暗中，祖国放心了……”

大合唱

单位紧急排练大合唱，居然把五音不全的我也拉上了。

要音没音，缺声少韵的，我要爆炸了，对着声乐专家的美女破音烂锣地吼："我怎么行，我还要去旅游呢。"

美女说了："没关系了，等你回来我单独辅导。"我的天哪！

于是，我老老实实地接受培训。

第一天培训，我怯怯不敢"声张"，有口没音，教唱的美女就盯着我，只盯着我。无奈，我的破锣嗓子只好开敲。美女进行赏识教育，散场的时候特意鼓励我："唱得好啊，学得还挺快！"

我被美女"鉴定"以后，放在低声部，她所说的"音准好的人都去低声部"，呵呵，低声部的人一时里统统找不着北了。

开始训练了，每次先练声。我居然发现，早该来合唱啊，美女教的发声方法，太实用了，我进门回家叫儿子的声音都"嗡嗡"地响，这下好了，会把自己当音箱使了——"想象自己是一个大管子"，"噘起嘴巴，把声音竖起来！"真是好的发音方法。大合唱如此吸引我，我成了每回第一个到场的人。

可是忙啊，大家都忙，好多同事还是因公迟到，或者请假。比赛在即，领导急了："点名，记住谁迟到了，罚！"既然领导发话了，大家就商量怎么个罚法，最后一致决定"剪衣服"："凡少来一次剪一次衣服，男声直到剪成裤衩为止，女声直到把晚礼服剪成超短裙。”于是，晚来的人，都小心翼翼地护着裤角或裙摆，躲藏着走过举着一把明晃晃大剪刀的大领导。“瘆人啊！”“吓死我了！”惊魂未定的迟到者忐忑地落座，下回都不再迟到。

“四渡赤水出奇兵”“毛主席用兵真如神”，这是我们大合唱歌曲里的词，有人惴惴不安地改为“一把剪刀定乾坤”“老领导用剪真如神”。领导听到了，笑眯眯地表扬大家：“感谢大家辛辛苦苦训练，几天来，终于练出了可以上台丢人的水平！希望继续加油，直到练成金刚不败之声，站在台上接受暴风雨般的掌声！”

接下来，众人的歌声真的就如暴风雨一般，热烈起来，男低、女低、男高、女高，居然都坚定住了各自的立场，没再出现“跟着别人跑了”或者“被带沟里去了”。于是，老领导又热烈地把大家表扬了一番，众人的掌声倒是暴风骤雨一般，都献了出来，假借鼓掌之名，自鸣得意一阵子。

唱着过的日子，很快啊，吃着歌声过的生活，每个人的风貌都不一样了，一个个神采奕奕的。纷纷“竖起声音”交谈：“大合唱改变了我！”对面坐着的坐不住了，也竖起声音：“咬着字头，含在口腔里发声，你的‘我’字太白了！”老领导走来了，也把声音竖起来：“时刻保持状态！”然后：“呼噜”“呼噜”吸着气，吹着嘴唇一旁操练去了，身后一群人笑倒，连笑的声音都是“竖起来”的。

坐我旁边的同事大姐说：“人过四十又学艺，我感到，人要不断地自我调整，这一段的心情舒畅啊，身体也没毛病了。”前排的小美女转过脸来：“大合唱融化个性，我要把自我融进集体里，再不做一朵飘浮在生活之外的彩云。”我正仔细地区别高声部和低声部的唱法，想一劳永逸找个属于自己的诀窍。我发现，即使伤心，高声也是浪漫地高声诉说伤痛，而低声只是深沉地流露那种黯然神伤；高兴的调子，高声部是痛快淋漓地向全世界宣布“我很快乐”，而低声部总是含蓄万般地脉脉抒怀。我压着自己的声音，悲伤得深沉，快乐得含蓄。我总算管住自己不再往高声上“叛逃”。想象着，总是唱着低声部的人，他的人生也是这般表达得不动声色吗？

十多天的训练，歌唱竟成为我和大合唱参与者的一种下意识的行为，单位里，办公楼道里，车棚里，甚至于男厕女厕里，总有竖起来的声音，在咿咿呀呀，似乎，歌唱。真的，已成为每个人的一种习惯。

我这个，不懂音乐，不谙歌唱的人，参加了大合唱，学着歌唱生活，生活着歌唱。含着歌声，人都明媚起来，吃着歌声，日子葳蕤生光。

别拿浪漫折腾生活

小悦一早就在盼望情人节。

她跟丈夫吩咐好了，到那天要多安排俩节目，送花，买巧克力，吃情人套餐，喝千岛玫瑰茶。另外，小悦又给丈夫留了自由空间，要求自备“才艺表演”。

从听到作业的时候，大河就开始绞脑汁刮肠子，无奈，自己确实不具浪漫细胞，眼瞅着情人节又一步一摇晃地来到眼前了，大河的才艺表演还没有编排好。

大河闷着头走在路上，心里说：“都怪自己当初看上小悦浪漫可人，现在倒好，成了浪漫烦人了。”

突然，他停了下来，一直闷头走路的他，发现脚下一大堆小蚂蚁，莫非蚂蚁也要过情人节了吗？大河弯腰观察，噢，原来是半拉贴着蜂蜜标签的玻璃瓶子。

大河好脾气地看了一会儿，带着微笑走过去。大河走了好远，回头望了一下，突然他的脑子里亮了一下。

大河猛地快跑起来，跑到那堆蚂蚁跟前，连玻璃碴子一起捧起来，兴冲冲地把它们秘藏到办公桌的底层抽屉里，还新买了一瓶蜂蜜，挖出一疙瘩给蚂蚁们吞食。

迎着夕阳，大河的脸色明明亮亮地走出办公室，踱回家去。见小悦正在厨房做饭，大河气定神闲地说："明天的节目排练好啦！"小悦小狐狸一样的眼光朝丈夫闪了闪，并不吱声。

第二天一早，大河送儿子上幼儿园，订花，上班，订午餐，取花，买巧克力，接小悦，献花，献巧克力，吃情人套餐，好在中午儿子在幼儿园不用接，餐后就是下午了，大河就又送老婆上班。当然，残花，剩巧克力也归他提着，嫌不好意思，送罢小悦他又赶紧转了弯，把这些运送回家里，然后再自己匆匆地去上班。单位并不忙，情人节是办公室姑娘小伙的好谈资。大河不多言，他感到自己大半天折腾得挺累，可还是上了发条一样开始计划晚上的事宜。

下班，接孩子，接小悦，一起去烛光晚宴，喝千岛玫瑰茶，小悦沉沉静静地，仿佛回到了清纯的小姑娘时代，以致儿子打翻了茶碗，她都是无声地拿纸巾轻轻擦拭就罢。

终于一家人静悄悄地走到街道上了，眼看快到家了，大河感到小悦的表情有点不是静悄悄的了。大河心知肚明，但是假装没看见，因为他中午回家的时候已经把才艺展现在墙壁上。

大河牵着儿子故意落在后面，小悦开门开灯，看到客厅那面干净的墙面上，有一行黑黑的字，歪歪扭扭的，仔细一看，居然还在动，啊，是蚂蚁！它们扭动着腰肢排成三个字："我爱你！"

小悦眼睫毛一颤，是惊讶！心里也一颤，是惊吓！

当了一天小仙女的她终于又喜又怨地尖声叫起来："谁教你用蚂蚁说'我爱你'的！这么多蚂蚁可怎么弄出去啊？"小悦拿起了扫把，大河也跟着行动起来。

儿子眼睛没神，已在打瞌睡了，可恼的是扫出去的蚂蚁又开始往回爬。小悦又急又无奈却不好抱怨，竟然憋出眼泪来。“把你的蜂蜜拿来！”

“你想干什么？”看着小悦用刷子淡淡地蘸蜂蜜往地上刷往门外刷，大河倦倦地笑了。“悦啊，‘我爱你’不能写门外，外面只能写‘浪漫’，啊？”

小悦扑哧地笑：“往外面刷‘折腾’，把折腾关门外。”看着蚂蚁纷纷往外行走，一家人累累地去睡了。“悦啊，可别再拿浪漫折腾咱的生活啦。”

你是我的玫瑰花

“你是我的玫瑰，你是我的花”，情人节的玫瑰，漫天飞；情人节的花儿，漫天舞。

听见一遍遍浅吟，一回回清唱“你是我的玫瑰花”，我的心里，不合时宜地冒出唐突的一句：情人节，玫瑰劫也。

过了这节，也就过劫，立地成佛；过不了节，就过不了劫，难免有一番波涛翻涌，于人生、于生活、于心情。

情人啊情人，你是我的玫瑰劫。

初相遇，我看山是山，看水是水。眼光明媚，青春流溢，热爱世界，热爱阳光下的一切。那时候啊，你二十岁，我十八岁，心上铺满豆蔻花。年华如此美好，你我携手并肩，年轻的胸腔里满是热血、热肝、热肠、热胆。

那时的太阳是纯情的，那时的月亮是洁白的；那时的你我，多么真诚可爱；那时的季节，多么传奇；那时的你我，是传奇的主角，那是一场无法化解的美丽重逢；你在，我也在，不早一刻，不迟一秒。那样的美，蚀骨；那样的爱，销魂；那样的时光，无处躲藏。

你我的快乐，是苍天生出的妙笔。我想，我醉了，你的颤音告诉我，你也醉了。我们在彼此最好的时候，爱上彼此。

我们一同看山，山多娇；我们一同看水，水多媚。我们彼此的视线里，你骑白马，我足上水晶闪闪。

我们共赴人生的舞会，红玫瑰满地，红玫瑰满眼，红玫瑰遮盖了天地，我们的心已痴迷。梦来了，甜蜜把你我裹起。我们黏在情茧里。

梦有期，会醒；茧有限，会破。初恋甜美，情人曼妙。

黄河有九曲十八弯，长江也不是一江春水向东流。人生的浪，滔天；生活的水，四季更迭。我们站在自己的河流里，这一刻，已不再是那一刻，造化是一只魔手，自有神采。来不可挡，去如流水，亦不可留。

情人啊，情人，你是我的玫瑰劫。

起风的时候，风凉了；落花的时候，花谢了；雪融的时候，雪已残；月转的时候，月缺了。风花雪月，自古多变、多幻、多迷离。你我的离散，本就是“月本无古今”的阴晴圆缺；“此事古难全”。挣扎是徒劳，不挣扎已是树欲静而风不止呢。

我们涅槃在同一情茧里。

此时的你我，看山不是山，看水不是水。我的眼迷离，你的心成伤。伤无可伤的时候，情人啊，野渡无人，生活的意志如舟，我的舟自横。

你我开始怀疑生命的意义、活着的价值、社会的可爱和可信，心灵地震了，震耳欲聋，声如裂帛，没人听得到，你我自顾不暇，相依偎的甜蜜，已成碎瓦，更扎心，更刺骨。

我的灵魂在冒泡，你呢？我已听不到你的呻吟声，我想我们已远离，你已高飞，还是匍匐在地？我的灵魂，已成一摊泥。

再多的阳光也穿不过我的视网膜，我想我的心瞎了。还是，我的灵魂再也不想睁眼——不想看见阳光下的一切，原本的明媚成为暗夜，原本的清纯成为魍魉，原本的清澈成为一匹野狼，悍然长啸，啸问，时光的轻浅，岁月的欺骗。我想，情已走火入魔了。

情过为灰，心如枯井。

通往地狱的路由善良的心铺就，我喜欢看过顽劣大街之后的，依然清纯的眼眸，善良和智慧是最好的止痛药和消炎片。这是火凤凰的涅槃，这是红玫瑰的重生。

情人啊，我们互为情人，不一定互为情劫。如果互为情劫，我好想知道，你在劫中湮灭，还是在劫后成“佛”。情人啊，破茧成蝶吧，愿你翩飞在幸福的新生活中。“一段情，一段爱，一个人，一辈子”，情已断，便要舍，只留一份青春的丰盈足矣。

不要想起我，可以想起你的青春，不要回忆我，可以回忆当初那份纯真，这样，我们才能与共枕的人“执子之手，与子偕老”，相安、相爱地走到黄河的尽头，走到长江的入海口，走过婚姻的雨天与晴天。

漫漫人生，感谢你，情人，一份劫，让我更知情真，更懂情深。

情人啊情人，你是我的玫瑰劫。大爱有所忍，大美有隐疵。

走过情劫，你我心成佛祖，拈花微笑，不拈花，也微笑了。是了，此时的你我，看山还是山，看水还是水。眸更清澈，神更纯净。心上的风，和润；魂上的花，灿烂；骨里的雪，皑皑；胸中的月，皎皎。我已更爱阳光下的一切，包括不能承受的那一份空和轻。此时，心上的爱更纯粹了。

“你见，或者不见我，我就在那里。不悲不喜。你念，或者不念我，情就在那里。不来不去。”劫也生花，劫也成佛，生花成佛都是一朵玫瑰花，生在红尘，脉脉无语。

美艳娇柔玫瑰花，有花有香也有刺；芬芳迷人，有纤刺，有微忍；是爱，是情，是相爱的人。

情人节啊，玫瑰劫；大爱，大美。如一枚舍利子，愿你福泽天下所有的情人，所有的相遇。

他总是没有理

不知从哪一天起，她发现，他总是没有理。

他去幼儿园接孩子，忘记把被褥拿回来晾晒，她把他数落一番，他不吭声，答："喏，喏。"

他去买青菜，她怪他，菜都出苔了，像是柴火了，还能吃咋地？！他也不反驳。

他起来拿了这么老的青菜，自己要炒了吃，她夺了下来，不能吃的，当柴火烧吧，直接给扔进垃圾篓了。他好脾气地笑一笑。

他做的菜，她总要说不好吃，不是咸就是淡，反正没有正好的时候，挨吵的总是他，没理的总是他。

几十年也就这么过，孩子们长大了，说："老爸，你怎么这么窝囊呢？被老妈吵了一辈子，不得翻身啊！"

他却笑了："你妈那是对我好。"

孩子们嘻嘻笑着说："老爸是奴才命。"

她听到了："你爸是奴才命，他咋是厂长，我咋是清洁工？"是了，老爸是厂长，老妈是厂办公大楼里的保洁员。

一辈子也就这样过来了，他在外面当领导，她在家里当领导。

他在外面还要多多地隐忍，她在家里，却从来都是张口就来，数落他，训斥他——反正，他总是没有理，他也说了，谁让咱没有理？他从来也就认为自己没有理。

事实上呢，有时候，他真的没有理，他做饭掌握不好火候，他买菜分不清哪个更新鲜，他洗的衣服也不够干净……

可有的时候，明明他也可以解释一番，争辩几句，甚至理论个来回，可他从来不——他只说，她是辛苦的；他只说，她是为了他好，为了家好。

时光在摇摇椅里晃的时候，两人都退休了，儿孙都大了。空的屋子里只有老两口，她还会吼他两句。

有一天，她发现，没有了乱蓬蓬一家子大人孩子们的“背景音乐”，自己脾气耍得那么苍白，没有道理的是谁呢？

她说：“老伴啊，你一辈子都没理，我一辈子都有理是吗？”

他依然答：“那是，那是，你有理，你是常有理。”

两个人看电视，他看新闻，她吵他，都退休的人了，看那做什么？她把台调到“婆婆妈妈”的频道，看着两个老头老太太吵得热火朝天，她来了劲头，他也没事跟着瞄。

最终，电视里的老头把老太驳斥得哑口无言，老头占了理，胜利微笑。她瘪瘪嘴巴，瞅着他：“你是不是也想跟他一样，把我也给斗败啊？”

他乐了，指着电视里那老头：“他有理了，可他无情啊，他就不想他老伴对他的好！”

唉，她叹了一口气：“敢情你不跟我吵，是你有情义，那我呢，我总有理就是总无情了？”

他说："你不吵才真是无情呢。"

她先他离世，临终跟他说："你留下清静清静耳根子吧。"

他却摇了摇头："老婆子，别这么无情——"

蚂蚁上树

初恋之后，心猿意马的我，久久不恋爱，不结婚。

我妈发愁啊，想这闺女好好的，别有啥想不开的，不嫁人哪行啊。妈妈苦口婆心地劝我，劝我去相亲，其实是她已见了人家几面的。

“你做主得了，你要找女婿！”一副跟我没关系的态度，我去见面。妈妈、介绍人阿姨，还有那小男孩——对于没看上的人，不管多大，我一律叫人家小男孩，他们在那儿侃，我只看窗外飘过的“青春的云”。

正在入迷时，那小男孩发话了：“喂，哥们儿！咱俩出去看蚂蚁上树，如何？”

我一愣：“是叫我吗？”

那小男孩点头：“走啊，哥们儿！带你去看最大的树，最大的蚂蚁。”

呵呵，好玩，这“哥们儿”还挺有戏呀！我一激灵，来了精神，跟妈和阿姨说：“那好，就跟这哥们儿长长见识去。”

为我愁嫁的妈妈和阿姨，自是喜笑颜开，居然这回我能跟他们的“供品”出去走一走。以前，无论面前供着什么“山珍”，我都看也不看一眼的。

出了门，哥们儿带我“虾球传”，我忍不住急了：“嗨，哥们儿，不是说要看大蚂蚁上大树的吗？”

哥们儿抿嘴一乐：“急什么，今天天色已晚，明天成吗？”

我一看，天是黑了：“天都黑了，你怎么不告诉我？”我的意思是，我怎么跟他转悠这么久，没发现天都黑了。

“噢？天黑，也得我告诉吗？哥们儿，你眼神也忒不好了吧？”

我正有些气恼，那哥们儿慢条斯理，又说了：“在下知道了，下回记得履行‘天黑告知’义务，这次恕在下无罪吧，哥们儿？”

也只好这样了：“那好吧，哥们儿要回家了！”

我已自称哥们儿：“那好，大力士哥们儿护送金枝玉叶哥们儿回府！”

那哥们儿急忙应答。

就这样，我和哥们儿开始了所谓的恋爱，其实，就是天天找地方看蚂蚁上树，在公园里，在大路旁，在郊区草莓园，在山顶公园……这哥们儿还真没食言，近一年过去了，春夏秋的蚂蚁上树，哥们儿都带我去看了，春花、夏星、秋月，也捎带着观了，赏了。

时不时地，他会议论一句：“蚂蚁上树的精神多么伟大！”

他也会无关痛痒地说：“人要像蚂蚁一样，积极乐观地生活。”

他还说过：“蚂蚁看似不进取，其实深藏着勤奋和坚持！包括爱情……”

冬天很快来了，我发现我已能正常地欢笑，对窗外的云和青春往事，渐渐有些想不起。闺密们说：“你那哥们儿行啊，把你带出泥沼了，看来你俩真的有戏。”我说：“不会吧，我只是跟他到处看蚂蚁上树来着，没想过跟他谈恋爱。”心里却分明也感觉到异样了。

冬天的第一场雪来了，哥们儿说：“蚂蚁都藏地下啃骨头了，我该带你看最大的蚂蚁上最大的树了。”

我疑惑地跟了哥们儿进山，山里果然有一棵当地最大的树，最高、最茂，还上过当地晚报，是年轮最多的芙蓉树。“大树有了，蚂蚁呢，哥们儿？”我茫然四顾。

“是这样，哥们儿，大蚂蚁要现身，有个条件，你得让我亲一下。”说着，哥们儿自然地俯下身来，贴近我的脸庞。我想躲，没有躲。

“知道吗？哥们儿，大蚂蚁就是我，为了攀上你这棵最大的芙蓉树，没看到我有多耐心吗？”

我的感动，潮潮的。想着，一年来，我无端冲他使性，无端恶作剧地折磨他，在他的家人、我的家人面前，我折腾得团团糟，不管不问，什么也不顾。他总无声，默默做好一切，所有的场都替我圆。在他的家人、我的家人跟前，他都护着我，开脱解围，说是他不好，不怪我。甚至，有一次，我把当年和初恋男友拥在一起的照片拿出来找“刺激”，他脸都黑了，又白了，最终，竟然若无其事的样子，说：“那算什么，我们会有一生一世的拥抱”。

这一切，我真的感到，他确实是我的哥们儿！像蚂蚁一样坚执恒毅，纵是大树，我心上遍布他攀爬的爱和暖。

冬天过去，我会主动地亲他，抱着他的脖颈叫“哥们儿”。

有一天，他眼泪汪汪地说：“哥们儿，你正常了，两个月不找事了，你走出你的阴影了。以后，我们正常做哥们儿！”他的话惹出我的泪水，久违的眼泪，我以为我再也不会哭了，原来，会爱就会哭。我以为我的伤他不懂，原来他都明白，在等着我“正常”。

“哥们儿，你真是太‘哥们儿’了！”我由衷地说。

他把婚戒戴到我的手上："嫁给我吧？"

我快乐无比："好的，哥们儿，我愿意！"

"我会让幸福的大蚂蚁，爬满我们人生枝繁叶茂的生活大树！"哥们儿充满信心地说。

如今，我嫁给我这哥们儿，已经十多年也曾风、也曾雨的人生。哥们儿始终很"哥们儿"，蚂蚁一般坚毅，蚂蚁一般执着，扶助我的脆弱，牵携我的笨拙，走过春秋，走过冬夏。人生如歌，也如白驹过隙，岁月里有哥们儿贴心贴肺，行走着，是快乐的。

五颜六色的QQ签名

看似不经意的QQ签名，却也暗含心机，潜藏心事，流露出风情万种。

有人走出寂寞，他说："哥戒烟了，因为哥抽的是寂寞。"我还是看到他的挣扎，也会意他笑得乐观；有人幸福中，她签："饮一碗春光"，心情在光明顶的美女，才发了奖金，还是会了情郎，要不彩票中奖呢；有人怀恋："听说爱情回来过"，哪里是爱情回来过，是自己的心事午夜惊醒过吧；也有人写"爱你一万年"，写给谁看呢？求爱中，热恋中，还是请求原谅？也有写"孩子，你是最棒的"！"爸爸头发白了"！"娶你三生有幸"，有人还写过"饭洒了""桃花落""一怒为红颜"……生活里有什么，人心中演绎什么，QQ签名档里就出现什么，可谓滴水折射太阳光，水珠里藏着大海的澎湃，一线光横切了万丈光芒。家事、国事、天下事，QQ签名档里，事事呈现，风声、雨声、笑谈声，声声入笔录进QQ签名册。

最让我惊讶的是一美女的签名，她说："此人已死，有事烧纸。"我惊呆，何苦如此自虐地诅咒自己呢？打她手机，关机，家里电话，停机，留言，不理，不回，不睬……算了，想必她是要一份彻头彻尾的清静了。许久之后，看到她的留言："感谢各位好朋友，回头请你们吃饭谢罪！"唉，哪个要你请吃喝，只要你安好地欢乐着，在人世间，就好了。许久又许久，明白，她在情变、婚变中。灰烬之后，她签名："不要用异样的眼光看我！"近日看她签名写着：“爱情如红酒，质量高的存得久。”无言中祝愿她的收存是久的！

潮来潮往的人群中，QQ群里的朋友，签名也各有所“潮”：“世界杯来了，老婆请回避！”“你如花朵令我燃烧”，“如果你看到前面有阴影，别怕，那是因为你背后有阳光”，“一三五仰望星空，二四六脚踏实地，星期天休息！”“话是人说的，屁也是人放的，都只是口气而已。”“谁陪我到罗马拆城墙”，“最深奥的数字139××××3451”，“面朝大海，种花种菜。”有人索性意在符号间“？！”……心情、浪漫、所遇、所想、状态、心态，名言、俗语、自己的真理，汉字、英语、火星文……应有尽有，只有想不到，没有写不出的！

也有老奸巨猾的，签名档不着一字，却也暴露天机——“你是一个潜伏者”，“你是一颗熟果，熟透了吧——已然成为浆果掉下激情的树”，“你是不露声色的，可不露声色中也露出马脚——你是不着颜色的，这本就是你的颜色”。

五颜六色的QQ头像，绚丽多姿的个性签名，不是乱花渐欲迷人眼，是这世界太多精彩！

彼美人兮

美人已美，为什么要和自己过不去？

单位里有两个大美人，一双眼洞穿多少世事，也看遍多少面孔的老办公室主任，说：“A和B两个大美女，披个麻袋，都是美的！”

这样两个美人，是我们眼中一景。

一个要垫高自己的鼻子，本已高挺美好的鼻子，招她了惹她了——触碰了她哪根神经，生生地，她去美容院动刀动枪，一番折腾，每日对镜自览——噫，又不对了，眼睫毛不够长。对！去种睫毛。于是种了睫毛；一看一照，镜子里哪又不对了，眼袋太大。对！抽脂。于是抽眼袋脂肪……很标志美丽的A，愣是这样左一刀，右一刀，不厌其刀地，终于把自己打造成自己想要的样子。而我，已不敢跟她多言多语，我不知道是夸还是不夸，从心理上，我感觉她不再是我熟悉的样子，她在我眼里、心里，不再是美好如初的模样，不知，是我远离了她，还是她远离了我，仅仅知道，如同，有人追求灵魂在高处。我深深感觉，曾经与我交心交肺，无所不言，我亲爱的同事小A，高高在上地远离了我，对于她的美丽——我手足无措，不知如何应对。

许久以后，听说她抑郁了。于是老主任又“信口雌黄”：“其实垫鼻子的时候，就没有自信了，恁好看的人，咋这么没自信呢？”老主任纳闷，他说：“新生代的女人，不能解读。”

美女B倒是不动刀不动枪的，她的五官、身姿，都安闲自若的，只是，她的生活，不停动荡，不知哪里不对——是否，彼美人兮，奈命运何？不要说红颜薄命的话呵。

她的老公居然对外人说，当初看上她的美貌，近来如此不堪，越来越难看，不经岁月，不经看，味同嚼蜡……渐渐地，竟离婚了。

于是，有老同事教育她正在婚恋的漂亮女儿，嫁人可要看准了，他是图样儿呢，还是真喜欢你！

看来美人嫁人得多妨一招，不能嫁个劫色的，早晚又落个“色劫”。呜呜。

为A哀伤，为B哀伤，同事们议论着议论着，还为那个为美失命的“超女”心恸。

彼美人兮，令人心惶，不安地想象，她们若是如我等，这般不美不丽的，是否也落个“窝窝囊囊”全活人？没姿态可居，便也不愁姿色不丰了，本来没有，亦不想了；容颜不堪，就修修内功吧，落个内秀啥的。容颜如花，花容美，失色也疾；气质还行，越炼越筋道。歪打正着的，人生就这么的吧，很不赖了，感恩吧，越感恩戴德的，越人气飙升……山水就这么，你见我，我瞧你，倒也不生厌，不完美不遭忌，相安生着。

其实，也不是所有“不美丽”就不较劲，多少“一般人儿”也耿耿于怀自己的“哪里哪里”，倒是无大碍，不妨事，也没大勇气去“修理”，自己也懒得口口声声，口口声声地提起，省得自己腿短指给人看，自己眼小示于人瞧，所以，当跛子咱就不说短，当啥啥咱就不提那啥啥呗，但也在心上搁着，有的在意，有的不在意。日子如风，心事如春，来来去去寻常见。我想，这是通常的正常心态，女人啊，都是美人，活在自我自家世界里。

通常最常说的，最能说，也最便于表达的，就是减肥。减肥啊减肥，胖的常说不常说的，还倒其次，反倒，真正那些体重不超标的，不大超标的，在大呼小叫的，减肥啊减肥……其实吧，亲人们说，没见她少吃少喝的，虽然天天喊，餐桌前叫。我有一女友，居然如此标榜："吃完了再喊减肥，吃的时候，就不想也不提，免得对不住美味佳肴！"哈哈，这肥减的，才叫水平！

我也是女人，我也嫌自己不好看，也恶自己太胖。无奈，不好看的地方，太多；胖得，也忒胖。只好，虱子多了不痒，管它呢——Let it be！（顺其自然！）

女友说了，其实吧，身心的健康最美丽，咱都已经是美人啦！减肥减肥，喊一喊，是心情，如同喊着"俺是美人，俺爱生活！"——岂不"肉麻"！然后轻吟，有美一人，清扬婉兮……

呵呵，彼美人兮，自己的美，自己全知道哈！

用谁的名字买房

姨表弟小刚打来电话："姐，跟我老爹老妈说，我可以用自己的名字买房，别让他俩准备材料了。"

"哦。"半天了才明白，原来《婚姻法》有改，婚前首付房款的房，归购买个人所有——在离婚的时候。

姨表弟一直在京沪深漂着，三地房价堪比天价，眼看30岁的人了，姨父姨妈着急起来。俩老人催促，先买房啊，有房才好娶亲哩。他们还是老观念，况且，姨表弟处一个还算合得来的女孩子，对方要求房子来着。

姨表弟说，买房是可以买房呵，可——我有俩哥们儿，结婚不到一年就离了，好不容易挣下的房，硬硬让人分走，有个还留房给别人了。这年头，不能不防——要不用爹妈的名字买吧。

于是，两老人慌得，印这印那的，正备材料去给姨表弟办购房手续去！

姨表弟正乐呵呢，他那女朋友不干了，买房得用她和表弟的名字才行。

姨表弟和二老犯了难，不照办吧，不够诚意，照办吧，谁又能担保她的诚意？

"先论这个，是不是就生分了呢？"我和妈妈议论。

妈妈叹气，有政策就有对策。

其实呢？也是哩，越计较越薄气。

我担心姨表弟的婚事会不会黄了。

姨表弟说："黄了就是该黄，说明她没有诚意，总不能让爹妈一世的辛苦钱打水漂吧？有诚意她跟着过到底呗，还不啥都是她的了。"

"你这说的什么话？要是你不满意她，要分开呢。"

姨表弟哑了。

"人家也得防你呀！"

姨表弟还是不说话。

"那先别买了，婚也先不结。看这《婚姻法》修改得多不是时候，本来还没这么敏感呢，安排好用老爹老妈的名字买呢，这下搞得，更乱了……"

真是更乱了呢。单位的出租房里，后勤工作人员去收租金，二奶呵，还是三奶，也在那里闹呢，要挟那租房住的男人，给她买房——用她自己的名字，要么就给钱。

"为什么呢？"望着她哭天抹泪的，后勤工作的刘师傅问。

"还问为什么，不为什么。"

街坊们议论，《婚姻法》真灵呀，修改稿说不给小三补偿哩。这不，小三、小四们也都想辙哩。揣住现钱，攥住真货，才是实惠。

现世的婚姻里，女人们的话题也热腾腾地说着《婚姻法》的修改，说东的、说西的，说吕布的、说貂蝉的，说了一箩筐，到头来，一个长叹，该咋的还是咋的，道高一尺，魔也升级。就总体来说，摊住了谁的个体，还是谁自己个儿的感觉。

天津工作的小侄，倒是潇洒了，先买房自己舒服着再说，省得爹妈去了住宾馆。媳妇的事，他说："哪那么多计较，懒得想。"

侄女最可爱："还想用房产拴女人啊，我们又不是娜拉！娜拉出走还得回来，她没经济，难道，还想现世造几个现代版的娜拉嫂？"

老奶奶一口没有牙，满嘴都是硬道理："《婚姻法》再怎么变，真心还是真心！"

女人的橄榄

夏日午后，睡意浓浓未消，心事正缱绻，电话响起："喂——"

我知道是她，应了一声。

"我还在老地方等你……"电话就没了。

我知道她把我设成救命的人，我不再缱绻，爬将起来。

我不知道为什么那么多女人的命运如此多舛，虽然大多数姐妹过得好好的，可是，总有那么一两颗心，如在刀尖行走，我想到《海的女儿》里那美人鱼的脚，踩在爱情上，就踩在刀尖上，踩着向往的幸福，路是虚幻的；脚下的痛，却真切。

童话哪里只是童话，本身就是俗语不俗的演绎；它讲的道理，明白浅显，如家家户户的烟囱，冒着烟。那烟，就是作家抽象出来的童话。

记得那时年纪小，整日谈天、整日笑。外祖母说："女儿都是菜籽命，全在父母送。"我不懂得。

后来上大学了，小姐妹们自由谈恋爱，我们寝室里最懂"命理"的那南阳姐姐说："女孩子的命是碰的。"我依然不懂。

跌跌撞撞走了好久之后，看到美女作家铁凝未嫁，历经沧海桑田的冰心跟她说："姑娘，你要等，不要去找。"我琢磨着，早于我结婚生子的妹妹，看我飞来飞去的懵懂样子，有一天忍下心斥责我："小若，你不懂吗！女人的福气是等来的。”“我懂了，却错过了。”我茫然又无奈地答。

将要退休，婚姻一天也没有消停过的一位老同事感叹：“碰到什么人过什么日子。”她的一桩婚姻，整天都是昏天黑地着，她却并不离开。

说给妈妈听，妈妈却说：“我要是这命，离了再找，还是这样，何必折腾。”

另一位同事说：“我不离婚，孩子还是亲孩子，爹妈还是亲爹妈，离婚再找更复杂，麻烦省不了的，不生这气，又生那气，一个味儿。”

怎么都看这么开？

我也开始看得开，婚了，生了，一切正常。日子天天过，天天过日子。在摸索中磨合，在磨合中摸索，我找到自己和自己、和生活、和人生、和家、和他的平衡点，蜷下来，我成为一只岁月里的猫咪。静谧着，凡俗着，琐屑着，就也温馨起来。

我想我还是碰得比较好的，还是我终于找到了平衡点？

这样询问，是因为，我一直不明白朋友果儿的婚姻伤在哪儿了？密码在哪儿？她不能忍受，在不停地摆脱，真的摆脱，又在一起。我是知道点儿内幕的朋友，她的心还和他黏在一起。

也许，离婚只是促他整改的手段和措施，虽然孩子是纽带，不得不在一起，房子是问题，没法不在一起。可是，我真的知道，我想当然地知道，她是爱他的，对他有心线牵着，所以离了还在一起。

那个老地方，是我们约会的地方，她总在那儿等我，我总在那儿等她，等两个女人诉说心事心情，有时月朗星稀，有时梨花带雨，也有浓云默默，还有太阳露脸的时候，那是在果儿说起孩子的时候……

情的事，是没有道理可以讲的，对于女人来讲，也少有太多理智。我是劝她不要离的，我阻拦不了，她离了；我是劝合的，他们又没合。

果儿的伤又来了，她看到了“不该”看到的，知道了“不该”知道的，所以眼也烫伤，心也痛。

我为她流泪，却也无奈。即使找对方理论，也没有底气，他们之间已把合二为一的那本本换成一分为二的那本本了，同是法定凭证啊。

爱情如同橄榄，这样一枚橄榄果，果儿含着。每个女人其实也都含了一颗，外婆说：“心甜的人，居何地日子都会甜甜的。”

橄榄果的滋味，也在于调剂吗?

有的口甜一些，吃得甜；有的口香一些，吃得香；可是，有人就是嫌它酸涩，不吐就呕，忍也无奈，终是要呕出，在那躲藏不过的时节。

可是，口味无争辩，如同趣味，各有一口喜欢的。

还有另一句话，我怎么也没有勇气跟善良贤惠的果儿说，男人有一句自找理由的话：“男人如橘，在南为橘，在北为枳。”

也看遇到什么女人，其实这话，同样适用女人。

迷离中我恍然大悟，果儿啊果儿，要么接受，要么改变，要么离开，你不能改变，又不能接受，你执意离开，可是离开只是形式，你的心、你的身又和他黏一起，那么你的心呢，注定有折磨。

果儿啊，橄榄果的滋味，慢慢消受，人生苦短，给自己的幸福一个出口，越早越好。

自己的橄榄果，学会喜欢。常常，习惯成自然。橄榄果，含着，就不必较劲，要么，吐掉；有时，跟自己讲和，向生活妥协，是一种胜利，也是一种幸福的智慧呢。

谁让“周围”迷了眼

爱情姓什么？姓现实，还是姓感觉；属两个当事人，还是属爹妈、姑姨、叔舅；自己说了算，还是周围人乱插嘴；众口铄金，群众的眼睛这个时候未必都是雪亮的。

年轻的小楠遇到了难题，她张口闭口“我周围”，她的“周围”令她困惑，困惑得说出来也困惑——

小楠读大学时处一男友，两人的两地书没写几封，就被爹妈和周围亲朋叫停了：“不现实”“不可能”“趁早分手”……这样的劝解里，小楠与男友藕断丝连了一段时间，果然就顺从地听了大人们的话，分手了。

七大姑八大姨，周围人说起来一套一套的，这个说她介绍，那个说她介绍，真正带到小楠面前的至今还是那半拉人，因为那只是网上视频了一下，对方总在外地出差学习，家人又说，这哪像个过日子的样，不行。一句话，又枪毙了。

按照周围、家人的标准，小楠太难找对象了，物质基础，经济条件，政治前途，家庭背景，个人形象，脾气性格……小楠说，家里人说的，那只能在梦里去找，现实生活中没有那样的。

单位同事、同学朋友，给小楠介绍的不少，带一个回去，带两个回去，见到表姐，表姐说个这，见到大姑，大姑说个那……挑眼挑的，这个也不行，那个也不中，眼瞅小楠的女伴们都一个两个地“婚”了、“嫁”了，小楠还是孤家寡人。

一日，小楠又带一个男孩回家。妈妈又说：“这个条件太差，农村出来的，没家没底没房子……”

小楠烦了：“那我还个子不高呢，那我还不够白呢……”

妈妈瞪大眼，不明白一向温驯听话的女儿怎么了。

委屈又窝火的小楠掉眼泪：“我也不想跟妈妈发脾气，可是他们太挑了，我怎么找啊，我又不是仙女。”平静之后，小楠还是给小伙子打电话，说：“算了吧，我俩不合适。”

然后她跟同事说：“我也很纠结。周围同学朋友怎么都找得那么好，这个嫁了局长家的儿子，那个找了处长家的儿子，我不要那么好条件也行啊……”——同事知道的，独女的她，家里好几套房子，生活殷实的父母存款就不说了，自己条件这么好了，还要求对方那么多干吗？对你好就行了。

小小年纪的小楠开始叹气：“咳，妈妈要求得也对，且不说婚后跟同学们怎么联系交往，就光我们家亲戚，逢年过节轮流做东，大人小孩生日宴，平常没事也总是聚会，那规格、那路数——我要找个经济基础差的，还真不行，坐不到一起去，我这点工资加对方那点工资，一顿饭就没了，生活根本无法开销。表姐表哥，堂弟堂兄，都是那个规格，难道轮到我这里，就去吃地摊，上大排档……或者光在家里吃？”小楠说，“我自己都为自己作难……你们说，我咋办呀？”

她无奈地跟同事们说着。

其实啊，有同事跟小楠说："别为你家人和你周围人找对象了，你给自己找个对象吧，坐不到一起就不坐一起呗。"

"那亲戚怎么能不来往呢？"

可也是，给她出主意的同事也犯了难。

"关起门来自己过日子"，而日子是要见光的，光里有亲戚朋友，有躲不开的世相、藏不住的俗气。

难道就让"周围"害你不婚吗，小楠？坚定点，周围只是你的周围，认准谁，结婚吧，化被动为主动，你也成为他们的"周围"好了！

男人的私房钱

心理研究员做过一项调查，调查显示，现代社会九成男士背着老婆存私房钱。

有某男打油诗为证：“老婆诚可爱，零花给太少。爷们想专政，就得使绝招。”

所谓绝招，就是小心存点私房钱啦。

为什么存私房钱哩？小李讲，给乡下的老娘，老婆给的那点不够；小王讲，接济读大学的侄子，侄子不属于赡养义务内的；小张说，狐朋狗友——我老婆的话——聚会用；小林犹疑半天答，有个说得来的红颜，活动经费；嘿嘿笑的，还有小董，为给初恋女友筹房款外借一万，现在私底下还账……

私房钱藏哪里？办公室，专业书，内衣荷包，朋友处，银行……

有被老婆发现的吗？有的说还没，也有说发现了——

小林说，存专业书里的钱被老婆发现，面对质问，装迷瞪，被充公；

小方说，办公室失窃，报案都免了，也就两千元，倒霉的是，小偷自己招了，追还回来，单位同事还送家去了，那个“惨”，老婆脸都绿了，晚上好一番求饶。

小张说自己有绝招——盗用老婆的身份证存银行了，有一天翻天覆地地打扫卫生，终于被老婆打扫出来，咋回事呢？对着老婆的发问，胆不寒，脸不热："还咋回事哩？问自己去，咱家钱都是你这样存丢的吧？"老婆迷瞪半天，居然说："可能吧，我忘记了。"哈哈，一群男人笑得响："这办法好！"

为啥存私房钱哩？还不是女人们太小心眼，太小气，你想男人谁愿意偷鸡摸狗似的整这个，还不是无奈？

怎么省下私房钱？瞒报，截流。也就这两种吧。奖金瞒下来，购物截获点儿……男人们不好意思地说着自己的伎俩。

怎么样才能不存私房钱？老婆放开了，就不会存了。有的方面老婆能放开，有的恐怕永远都不可能吧，比如小林跟红颜喝咖啡的钱，小董给初恋女友的房款……这些款子要放开，这女人还真不是女人了——小林和小董下的结论相同。

"能不能不存私房钱？"有的说，事情解决了就不存了；有的说，还是得继续存，不然活得不爽、不潇洒……

有没有不存私房钱的？肯定有了，林子大了什么鸟没有呢？男人笑话着男人。

确实有的，老宋说他不存："因为我比我老婆小气——我要800元，她从来取1000元给我，我要1000元，她给1500元……给家人，还是外出花费，她喜欢绰绰有余——她就这性格，对她自己对家里谁都这样，所以不用存了。"

小孙说，他也不存，懒得费心。实在急用的话，透支去，老婆心疼赔滞纳金，总是及时还款。再说，也不是什么不符合原则的开销，老婆嗔怪几句就罢了。她也知道男人手上没钱不体面。

小洪最豪放，我连我老婆的工资卡都管着，我家我是财政部部长……

女人们看了调查结果和匿名谈话记录，表明自己对男人私房钱的态度，大多数都通情达理，很理解，也有不少反思自己的。她们说："还是和谐最重要，为了私房钱伤感情不值得，更不能影响家庭的安定团结。"阿丽最好笑："我喜欢老公有私房钱啊，他打牌也不用找我要了，过新年，他给我和儿子发压岁钱，我很高兴哩！支持老公存私房钱……"

璐璐却给小霞出点子："趁你老公睡午觉或者什么时机，把他裤带上的钥匙拿出去统统配一个，周日到办公室查他小金库……"小霞为难得不行："不中，不中，那万一发现多尴尬，太伤感情了，不能那样做，我知道他有私房钱，有就有吧，他也不乱花，只要不花给小三就行了，花给小三可不能依他！"

华华说，她和老公各人管各人的账，有事情把钱聚合一起，也习惯了，他不交给我，我也不想交给他，不然用着不方便，反正家里的一切都是他购买……

私房钱啊私房钱，在男人它是朱砂痣，搁女人眼里看，它是一抹蚊子血，虽不悦，亦无大碍；男人若是取下朱砂痣，虽无大不悦，却有点小麻烦——割一下，无痛，也不爽。

私房钱啊私房钱，男权社会，女人存它，是女人有需要；如今，男人存它，是社会进步的彰显，女人管钱了，男人多出来的这一份别样的需要——莫若成全吧，让男人们保留自己那点尊严，也成全这社会大进步带来的小"精彩"。

和闺密学“慧”生活

在和闺密“摸爬滚打”的过程中，我也跟她们学“慧”生活。

我是个懒散的人，苹却是一个事事都有计划的人，规整规范是她的风格。无论是工作还是生活，她是个“计划”中人，典型的凡事“预约”派，规划之中，她的日子风生水起——说28岁嫁掉，就28岁嫁掉，说两年内要孩子，而立之年果然生子……说房产几处，几年内就房产几处，说哪一年到哪一级别，果然，一一兑现……长期规划，中期规划，短期规划，她一一列来，一一照单执行。最近的一个短规划，是中年妇女的她，利用国庆七天乐的时间，学了速成行书，昨日来展示，果然有模有样，全改了她原有的“甲骨文”书写手法，字的结构、神韵大改……她的口头禅是：“没有计划怎么可以？日子会长成荒草。”

在她的影响下，我也给自己订一点小计划，比如一天写几行字，几天读一本书，多久和她喝一回茶……她大赞我：“可教也，进步了！”捧着我那摘菜的本，她读得花枝乱蓬蓬地颤抖：“天哪，你比我还能造，一年记下这么些！”

“看看看，都是你让我累得手臂生胼。”我埋怨。

她拊掌大笑：“你心上开花了你怎么不说？”

其实呢，何止是心开花，是我这石头都开花——造了自选集，造了文字一堆堆，堆如“垃圾”，处理不下，中转不了，全在电脑里，先生儿女全抱怨：“什么占满了硬盘？”齐吼吼“格式化！格式掉！”哇啦啦，我才知道，这苹的“计划”不得了。慌张沮丧如我，但见小儿女拿了稿费单去换来心仪的“垃圾食品”，个个眉开又眼笑，左一声“妈”，右一声“老妈”，冲手足无措的我说：“我们爱你，你还是继续制造电脑垃圾吧，它们可以换我们最爱的垃圾食品！”

哈哈，我知道了，计划如同挤牙膏，不挤是没有的，不计划也是什么都没有的，有了计划，荒草一样的日子会慢慢开出花来，芳草、芳菲、芳香，为了遇见才华四溢的苹，我来到世上，和她学“慧”计划！

我是一个懵懂的人，一个年级一个年级地上学，我跟着上，学上到头了，我也就不知道接下来怎么做了——我晕头苍蝇一样地活，东一镐头，西一棒子，生活得落花流水似的。

一天，菲匪夷所思地看着我，良久，她一脸愁云惨淡地冲我：“你可怎么办呢？我真为你发愁。”她点评我，上学上傻了，但见过读书读成傻子的人，却没有见过如此傻子中的极品。她叹了好久的芳气，看在闺密一场的分上。“我不得不提醒你，”她说：“不要继续迷糊下去了……”她高人一般，指点我一二三，再是糨糊蒙了心的我，亦明白她是为我好，我于是抓了这根救命稻草，去向生命的青草更青处漫溯——感谢菲，她指给我生活的方向——婚姻、家庭、先生、孩子……鸡毛蒜皮，飞起来，落下来，我明白生活如尘，你走动，它美好如花，翩跹足畔，舞成时光里那锦绣山河，每个人的山，每个人的河……

守望岁月的山河，我腻腻乎乎给菲谈“情”说“谢”。谁知她大言不惭，小纤手一挥：“兄弟何必言谢，兄弟今生来到世上，肩负使命——为迷人点津，为傻子开道——”哇啦啦，痴傻如兄弟，只好拱手——来世兄弟“慧”你！

懒散、懵懂如我，又哪知生活有伸缩，处世有收放，就连命运亦有进退呢。我亲爱的梅，是她引领慵懒懈怠的我往前——进，又牵住我茫然愚拙的手臂，陪我“停顿”——“黄灯，不熄火，待时辰。”

在我畏缩不前的时候，她英勇如圣女贞德，把我推上去，推出去——那就只有拼了——博得美好微笑。美人如她：“看，我说行吧。”我也笑了，心上热乎乎、湿漉漉，感激，也多感慨。

一日，聪慧如她却也纠结，我想起她对我的支持，便也煽风点火，让她往前“跨世纪”。末了，她却说：“罢了，把握好运气，给孩子留一些吧。”原来她认为好运气是有限的，不能用尽了。其实，我已明白，凡事掌控有度的她，不想自己太过，所以决定留下余地了。

“道可道，非常道，名可名，非常名。”我爱无限地望她，心上又多了一层她的“慧”。

亲爱的，谢谢，谢谢你——你们，我亲爱的闺密，教“慧”我，今世为了遇见美好的“密”，我来到这芬芳的世上！

沾一点炊烟味

“十指不沾泥，鳞鳞居大厦。”是小时候我读过的一句古诗，讽刺“剥削者”。

如今社会分工协作，基本没有剥削这个词了，但“剥削”的潜规则还存在。

古往今来，男人的任务，是经天纬地，是征服世界，然后，征服女人。男人只会做饭，未必是女人嫁他的充分理由，往往，更不被列为必要条件。而于女人，不会做饭，虽然不会被拒绝娶回家，但，也绝对没有哪一个男人会认为这是优点。

初恋时，男人也相信感情，男人也不懂得生活。面对所爱，他会下了很大决心似的说：“不会烧饭，没关系，我来做。”那是因为他没有一日三餐天天做过；还因为，他可能根本就不曾料想，工作的繁忙、事业的冲锋会和做饭的时间相冲突。可以下饭馆，有经济基础啊，可天天下，月月下，他的胃，谁的胃，都会想念家常便饭。

除非，你愿意，他也愿意，天天为你做饭。只是为你做饭，他愿意，你愿意吗？纵使两情相悦，两相情愿。这样的日子，有人会说，女人不像女人样。那又有什么关系，自己感觉舒服就够了。可是，你们有了孩子呢？孩子要冲奶粉，要吃鸡蛋羹，你也等着，等着男人回来冲、回家做。孩子会哭成哪般，孩子会饿成何样？即使你家男人不说，没准也会有好事者急吼吼地对你——“你算什么女人！”“你也算是个女人？”

天哪，想一想，人生是走平衡木，这样的婚姻里，你必然在另一个别处给你家男人一样平衡。不然，就从婚姻的平衡木上掉下来吧。

据说，女王和丈夫生气了，叩门时说了“我是你的老婆”，丈夫才开门的；还据说，女王的丈夫也要喝女王亲手煮的汤，才觉得最有味道。唉，原来女王也是染了炊烟的，是不是染了炊烟的才是真的女王？不然，她的丈夫都不给她开卧房的门哩。

所以了，女人不做饭，女人不下厨房，说说算了！就这也当心，别把如意郎君吓跑，或者，吓得他心里打鼓，怯怯然试探：“你说的是真的吗？”

女人没有炊烟味，天使都不想投进她的怀抱里；女人拒绝炊烟味，上帝都怀疑自己取了根木头当肋骨呢。

没有炊烟味的女人，只会活得像个孤魂野鬼——我突然想起来了，我曾经住过的一幢老楼里，有一家断了煤水电的。那是个有工资的疯女人，饿了，就去买点吃，随买随吃，一身腐臭。

所以啊，女人，干吗那么厌恶炊烟呢，它熏陶得你更平常，也正常呢。你想做超级女人，是否也还是以它为根基为妙。

我的观点？我是个没出息的，我喜欢男人像男人样，女人像女人样。是的，我认为染了炊烟的女人更美丽。我也认为，做饭是男人表达爱的一种方式，若你也爱他，你会主动上前择择菜，洗洗碗。对了，两人同沐凡尘炊烟之爱。

婚姻如同大厦，但大厦可以依靠别人建筑，十指不沾泥来享用。婚姻不能够，它是一男一女两个人的事，别人无可替代你，别人一替你，你就靠边了。

家家都有烟囱，婚姻里的烟囱都冒烟，你不沾炊烟味，你怎么算是在家里，在婚姻里呢？女人的幸福和美丽，是要炊烟来蓄势的，而且是势在必行，你不妨前行，携缕炊烟，其味，是女人的幸福味，美丽味，也是满足味。

抹布女的魔布

“我就像是一块抹布，把你身上的泥土擦干净了，把你擦得像个城里人了，你就把我丢掉了。”这是一个电视剧里的台词，这句台词里的一个词流行成经典——抹布女。

现实生活中抹布女也还是多些的，把男朋友扶持起来了，男友如旗，立住了，直捻了，自己的腰弯着，背驼了；把爱人打磨出来了，爱人光鲜了，耀眼了，自己枯黄了，在萎谢；把丈夫催熟了，自己还青涩着，脆生生的……

如果你是那男人，如果她是那抹布——你会怎么做，良心的压抑和忍耐是有限的，毕竟日子不能总在芒刺上过。你呢？会不会，也一不小心，二不在意的，把那抹布给丢了，弃了，忘在脑后；要不你胸前挂块黑不溜秋的抹布吃西餐或者喝工夫茶，你的胃口也好，你的兴致也勃勃？你，会不会，一随手的事——扔了。

再不然，极有耐心，极有良心，极有爱心的——你或者他，腐的、臭的、黑黑的，那抹布，把它洗好，捋平了，折整齐——装在哪里，供在哪里，存入心灵的祭坛，或是情感与生活的博物馆，那也是不能随行了的。

如影相随，又能咋地？不咋地，不合时宜，不伦不类，不……反正是一种疙疙瘩瘩的感觉，如芒刺在心，在口，在眼，在身——到了这个时候，谁还是谁的折磨，谁还是谁的爱？即使你是抹布，也会慈悲——何必两相折磨——各放一马吧，都找自己的南山去。

会不会呢？是，又不是！人生的选择出其不意。如同，出其不意，你打磨了谁，你擦亮了谁，你也别毁灭了自己——成功的抹布女，在擦亮对方的同时，也不忘记抹一下自身，擦心、擦眼、擦灵魂，用他剩下的“剩水”——一样的营养，一样的成分，那你和他同在一个材质上，谁也不下线，同一流水线上，啥都还好，统一的，般配的——他质变的时候，你也量变着，虽不并驾齐驱，却也相去不远。这样的抹布，他需要，他必要，随身携带——方便随意，谁也代替不了。

抹布女啊，在擦亮他人的同时，要修炼自己哩，修炼成小魔毯。暖他，爱他，呵护他，清爽他。中魔的心，不能走出你的毯。

人生是一种修行，活着就要修炼，是生命的意义所在。做一块聪明的抹布吧，且擦、且亮、且修行，成就他，也造就自己。

如果你真的是一块好抹布，如果你真的能把他擦成神话，那你绝对可以传奇自己。

我见到，读了研，留了洋，在国家部委工作的他，辗转回到小县城，娶了一步步支撑他走远走高的她，末了，他回到原处，他说，我是风筝你是线，飞得高放得远，是我的造化，更是你的修行，回到你身边，心安仿佛故乡。他说，她是他的魔女，收藏了他的心。

我也见到，他读大学，她守在一边租间房，他参加工作，她终于嫁君随君，她为他安排工作，张罗开店，最终，他拿着不菲的年薪，他俩却离了。谁说，她是抹布，擦亮了他，擦没了自己。她说，其实不然，我跟着他飞飞飞，太累，他飞黄腾达他的，我还是租房住，才是我自己心清如水。分开后，他一路攀升，年薪越拿越高，又娶一“黄花”；她带着女儿远走他乡，承包一栋楼出租赚钱，生活在自己的意愿里。对还是错，她说，人生只有一回，执行自己的程序，无悔。

谁是谁的抹布，谁靠谁擦亮？思忖之下，这两块“抹布女”都是自主生活的人，自己无悔的，当是成功的。明眼人说，抹布女的成功在于她的好际遇，更因了她手中那抹布舞成了魔布，魔布在手的抹布女其心慧，其情笃，其神淑，淑女、聪慧、专情向来是成功男人的“杀手”，焉有不围绕她石榴裙打转的“糟糠夫”“精粹男”。

两个女人说，每个女人，都有自己的节奏，飞旋起来，是抹布，是魔毯，还是魔布，全在自己掌控，男人不能决定。

做个抹布女，把抹布操练成魔毯、魔布，成全自己，还是装载他人，女人的决断是自由的，男人取舍亦有自主权——当然了，越自由，越不能随意；越自主，越不能自由。不然的话，伤了的胃可是自己的，失了颜色的不仅会是花容，更会是那颗男人的心。

艳遇是一滴露水

看女性情感栏目，看说男道女节目，看时尚流行杂志。关于艳遇种种，多了去了。似乎，街角旮旯，到处可见，随时随地，可拾可捡似的。

也许关注艳遇太多了，周围的艳遇也多了起来。

某红颜，艳遇网友，她昔日同学，居然艳得到桂林去遇，打电话，她神秘兮兮的："我在桂林，在桂林！"

"天哪，你真的去找他了！"我大喊，惊恐万状。

"啪"——她就把电话断了。我兀自想象，发呆，心情一点不OK。

网上看到国学泰斗相继离去，莫名感慨。牧师走了，他的道，还在人世间吗？

本想找她探讨一下，她却已将自己沦陷掉了。

我的天，这世道，真个是到处皆艳遇嘛。

想起前几日，某中学女友说，她的上司，如何如何，于她。

我说："那你怎么办？"

她说："我问你呢？"

我说："那就不嘛。"

她怨怨地望我一眼："那人家何必帮你。"

"天哪，"我一愣，"你这算什么艳遇，明明是交易。"

这女同学，绝尘离我而去，回望的眼神里，一丝不解风尘的怜怨，对着我。

不停地咳，办公室的一个老女人告诉众同事，这世界在男人手里，女人要成龙成凤的，就得走男人路线。

我讶然，想着：你家可是俩姑娘呢。

她又说了：“和男人怎么样了，未必能成，和男人不怎么样呢？也不一定不能成。”

这不得了，说明这世界没这么男权嘛。她又鼻息一哧：“那是女人手腕高！”

啊呀哟，我眼瞪大。

网络上文章说了，男人偷性，女人偷情，什么艳遇，逢场作戏；男人偷了就完了，女人的情却刚刚燃起；女人想因此结婚，男人偏没打算，想也没这么想过。心理专家劝女人就此打住，有艳遇的形式可以，莫要再贪恋了；还有文章分析艳遇的结局，似乎没什么好结局，玩的东西，不是真的，不是真的，怎么好得了；也有说了，艳遇时，看清那些游戏伎俩，“游戏”“伎俩”纷纷上，那还不那啥啥都是纷纷下的嘛；也有说了，艳遇敌不了情意，艳遇戏再高，也高不过一份情意……如此如此，艳遇何以堪？

午饭时候，小姑听我在写艳遇的艳事，索性给我加点艳料，她单位的，一对男女，艳遇了，出逃了好几年，这不回来了，女的原有房产，归来有处窝。男的，没处去，他老婆愿意他回去住，他儿子死活不依。这不四处流浪着呢！“跟那女的搭着过去呗。”婆婆说，“那肯定是不艳了呗，艳着，还能回来，都该在外头一直遇了，回来就没艳遇了。”

我琢磨的是，那男人的老婆，还能接收他？

“你不是说了嘛，艳遇敌不过一份情意，他老婆对他是真情嘛。”小姑答。

“他儿子呢？咋就不接受他呢？”

“这还不明白，儿子嫌他的艳遇晃眼呗。”

还有那从桂林回来的某红颜，也在家痛惜着呢，做了人流，老公侍候她，只一言不发，她说：“不如暴打一顿，自己可以少一些愧疚。什么艳遇，没事找事！”她自己点评。

小姑说：“其实每个人离艳遇都很近，只要愿意，就有；不愿意，就没有。谁怎么取舍，是自己的事，只能自己担当。每个人的内心都知道谁是真正想要一起的人。”

你想，婚姻，不少的，都还晃悠呢，艳遇，能遇多久，能艳几个时辰？心头，一份情意在，艳遇如一滴露水，清风一吹，远了去了！

AA制怎么爱得透

记得有谁说过“热透一次，冷透一次；爱透一次，恨透一次；苦透一次，甜透一次；梦透一次，醒透一次；笑透一次，哭透一次”，于是乎，人生就会——怎么呢？这个记不得了。

那日去婚姻登记处采访，无意中听到工作人员讲到现代小夫妻的AA制消费观。他讲了一个很经典的例子：“一日，一对小夫妻，面对开出的9元缴费单，一人掏出5元钱，找他们1元硬币，两人硬是比硬币还硬地坚持找两个5角给他们，不明就里，也不好拒绝，就给了两个5角的。谁知看到二位，一人一枚，揣进各自钱夹里——天哪，见到过AA制，没有见到过如此教科书式的AA制！这日子还过个什么劲！”讲的人一副替古人担忧的神态。

亲兄弟还要明算账，我的同事小平对此颇能理解。她的老公家在农村，花销大，不是一般的大，小平因此与老公大吵三六九，小吵天天有，终于发现了AA制，执行起来，小平不那么难以忍受了，她的老公也感觉清爽了，倒也相安无事地过日子。小平讲“AA制是制裁老公一边倒的有效方法，省得把我的‘潇洒’全搭进去，不让他养我就够了，凭什么我还得倒贴呢？亲兄弟还明算账呢？”

可是过日子比树叶还稠，哪是一个AA制了得——他们的孩子面临升学，眼瞅周围亲朋好友把孩子户口迁这里、迁那里，便利升学，小平也动了心思，她和一个同学去天津考察一番，途遇八九十个小城本地人，听这个讲那个说的，她终于决定，把孩子的户口迁过去："买房，把你的钱拿出来，全都拿出来！"两个人的钱凑一起，还不够，明显的，老公存款额少很多，小平说："按照AA制计算，你打借条，回来还我，不够的部分，AA制，各借各的……"孩子今年大学顺利地毕业了。

有人问小平："你家AA制的款还你了没呢？"小平摇头："生活本来就是一本糊涂账，AA制只是我抑制他家内耗过大的一个手段而已。让他记着吧！"她不自觉地曝家中隐私："他那天对着我咕噜，夫妻不是兄弟，AA制后不吵架了，久了也怪别扭的，好像随时准备离婚似的……"

小表妹大学毕业后，和男友天各一方，每当听到她在电话里说："应该你来看我了。"——两人轮流飞着或卧着看望对方，两人轮流着打电话，你一个，我一个，你一回，我一回……谁都怕吃亏似的。

一日看着表妹热锅上的蚂蚁似的坐卧不安，一问才知在等男友电话呢。

我笑说："你打过去不就得了。"

表妹漠然言："该他打过来，干吗我要打过去？"

一日又听到表妹冲着那边发脾气："我想你了，这回轮你买票来我这里了……"

我和二姨听得一身鸡皮疙瘩："这样的恋爱还谈个什么劲儿？"

二姨唠叨。表妹嗔怪："你们老了，不懂！"

我也附和："拉倒吧，那点银子都结合不到一起去，还指望着灵魂合而为一啊？"

表妹笑了：“动真格的哈，大表姐，你说说——”

我说：“AA制太算计，感情经不起算计。”

小表妹不说话，冲我挤挤眼：“我们大学同学琳和她的男友才是AA制的典范呢，一个在上海，一个在郑州，分手地设在合肥，就为平均分配哦！”表妹说着歪歪嘴巴：“就是要准备好随时撤退，这年头……”随时准备撤退了，还能往前冲啊？不往前冲，爱情的车轮肯定退后——刚听二姨说，表妹相亲去了。

一路AA制走过来的林和青近日在协议离婚，原因很简单，青和男同事一同外出一回，途中男同事绝不答应AA制，没见过不AA制的男人，青被对方迷倒了——“就因为他不跟我AA制！”面对她的丈夫气急败坏的质问，青理直气壮地答。

爱吃青苹果的青二婚后说：“AA制的婚姻太压抑，现在可以放开喉咙吃青苹果了，爽。”

“不怕伤胃？”有同事问。

“伤胃也痛快，这样的爱情酣畅淋漓，哪像以前处处留后路的。”

听说，青和前夫分手，还AA制清算了当月的电水煤气费，想必离婚的小本本也是AA制的？——“这个不是，”青答，“我老公全埋单了，连带我们的结婚证。”

一群人听懵了，不懂地盘算，哦，她和前夫的离婚证，她和现任的结婚证，敢情都是现任老公埋单——有人担忧：“青，万一这回嫁错了呢？”

“嫁错了，我也认，没心没肺地爱一回，这辈子也值了。”

哦，想起来了，爱透一次，人生会怎么样——“用心真诚地去爱，那样你也许会受伤，但那是使人生完整的唯一方法。”过来人都知道，不设防的爱，才是真爱，时刻准备全身而退，有一天，也真的会全身而退，要么退人，要么退情，或者一生会有退不去的遗憾。

一双纤手为你做

结婚的时候，他为我选戒指，戴无名指太松，戴中指正合适，他说："紧一下吧。"我阻止了售货员。跟他说："还可以冒充未婚女青年。"把中指钻进戒指，我笑，看他"恼"。

婚后，从未在家做过家务的我，总是依赖他，大件他洗，饭菜他做，我看着，他做着。一次表姐看到我家这景象，禁不住提醒我："可不要让你婆婆知道哦！给你做牛做马的，人家娘知道了，不知道多心疼呢！"话传到我妈那儿，妈劝我，劝我，再劝我："你要学着烧饭给他吃，给人做媳妇要有个媳妇的样子！"

有一次他回家晚，我把冰箱里的生鸡拿来炖，等他回来惊喜得不行，细察究竟，一张笑得比哭还难看的脸对着我："赶紧关严屋门，别让邻居知道了！"原来，我炖的鸡，两只翘在外面的"凤爪"还是生的！先生说："让人笑掉大牙！"他说："我不在家的时候，你还是去饭店吃吧。"我于是恃宠"娇"横，仍然不做家务。

孩子来了，公婆80多岁，管不了我们，妈妈身体不好，心有余而力不足，好在政策好，单位照顾，先生侍候我的月子，"抽空"去处理工作。月子满了，先生的假也到期了，他辛苦地来去，下班就往回跑，做吃、做喝、洗衣物——总有他到不了岗的时候，加辅食的时候，我不能看着孩子饿得哇哇哭，居然——我学会给孩子蒸蛋黄羹，煲汤，煮粥……渐渐地还学会炒先生爱吃的菜，做先生爱吃的面……还会理发——起初是为了“保护”孩子免去理发店，给孩子理光头，理“桃儿”，后来，小平头也上手理，再后来，还会给先生设计发型了，他爷俩得了“洁癖”似的——只在家里理发！

孩子两岁的时候，先生牛犊一样换岗实现自我，工作调动在百里之外，吃喝拉撒全依附的我，居然担当起家里家外的一把手，从一开始的忙乱，到后来的有条不紊，先生想不到地感慨：“你真是我的‘绩优股’！”

如今的他，已重返市内工作，却一副不食烟火的样子，衣来伸手，饭来张口。早晨，他找不到孩子的换洗衣服，也找不到自己的换洗衣服，交代他买块姜，他拎一把葱……

年前是我们结婚15周年纪念日，我把结婚衣物拿出来“炫”，却发现，中指怎么也钻不进戒指里，无名指戴起来都紧绷，结婚的礼服塞不进去腰身，连现在穿的鞋子都要比原来大一码……我莫名其妙地发呆，先生捧起我的手打趣：“削葱指沾了阳春水，变成十根白萝卜了！”

孩子说：“妈，我给你买长生肉，你吃了就永远不老。”

我懊恼地说：“妈妈已经老了。”

孩子说：“我爱你！妈妈，你老了我也爱你！”

先生看着我笑，递上小红盒：“咱买更大的戒指，戴上吧，这是老公的心！”